Das Buch

Botanik-Professorin Monika Weber und der Revierförster Bernd Heidereiter erforschen ein neuartiges Waldsterben im Odenwald. Während ihre alte Liebe zueinander wieder aufblüht, verdorren die Bäume. Liegt der Grund für die rätselhafte, bedrohliche Pflanzenkrankheit im Friedwald in Michelstadt? Silvia Sörries kümmert sich dort inzwischen mehr um tote Bäume als um tote Menschen. Frustriert flüchtet sie sich in ihre Hippie-Vergangenheit. Vor einem Geheimnis kann sie allerdings nicht fliehen: dem früheren Kontakt zum berüchtigten Klima-Terroristen Florian „Greenhood" Keller. Nach seinem Abtauchen in den Untergrund kappte er alle Verbindungen, selbst zu seiner Schwester Diana. Kann sie ihn finden, um zu verhindern, dass noch mehr Menschen sterben?

Der Autor

Frank Schuster lebt in Darmstadt, Redakteur des *Darmstädter Echos*, zuvor *Öko-Test* und *Frankfurter Rundschau*. Studium der Germanistik, Anglistik, Musikwissenschaft und Kunstgeschichte in Frankfurt, Marburg und Oxford. Mitglied der Literaturgruppe Poseidon, www.literaturgruppe-poseidon.de.
Veröffentlichungen: *Sternenfutter* (2018), Roman, (mainbook); *Das Haus hinter dem Spiegel* (2014), Jugendbuch, (mainbook); *If 6 was 9* (2003), Roman, (Grübeltäter Verlag). Kurzprosa in Literaturzeitschriften (*Am Erker* u.a.) und Anthologien, darunter *Tatort Darmstadt* (2022), *Co-ro-na* (2020), *Fotosynthesen (2006).*

ISBN 978-3-948987-66-4

Lektorat: Gerd Fischer
Coverdesign und Umschlaggestaltung: Florin Sayer-Gabor – www.100covers4you.de
Bildrechte: Wald © Adobe Stock/ Leonid Andronow, Mann © Adobe Stock/ Wirestock

Auf der Verlagshomepage www.mainbook.de finden Sie weitere spannende Bücher.

Frank Schuster

Odenwald

Klima-Thriller

Wasser, Boden und der grüne Mantel der Erde aus Pflanzen bilden die Welt, die das Tierleben auf unserem Planeten erhält. Obwohl der moderne Mensch sich dieser Tatsache selten bewusst ist, könnte er ohne die Pflanzen nicht existieren.

Rachel Carson, *Der stumme Frühling* (1962)

1.

Zuerst kamen die Kirchen, dann die Naturschützer.

Seit mehr als zwanzig Jahren leitete Silvia Sörries den Friedwald Michelstadt. Und immer wieder musste sie sich gegen Kritiker wehren.

Sie liebte ihren Job, tat ihn aus Überzeugung. Schon bevor die ersten Bestattungswälder in Deutschland eröffneten, hatte sie mit großem Interesse die Medienberichte über das neuartige, aus der Schweiz stammende Konzept verfolgt. Sie fand die Idee sofort einleuchtend: Für Bewohner von Hoch- und Mittelgebirgsregionen gab es kaum eine schönere Vorstellung von einer letzten Ruhestätte, als unter einem Baum begraben zu sein. Oben an der Küste mochten sie davon träumen, ihre Asche im Meer verstreut zu sehen. Hier unten im Süden war es das Wurzelwerk von mächtigen Baumriesen, die die Asche aufnahmen und an die Natur zurückgaben.

Sie und ihr Mann Volker waren in den 1980er-Jahren aus dem Speckgürtel von Frankfurt am Main in eine Landkommune im Odenwald gezogen. Richtige Hippies waren sie damals. Raus aus dem Smog und zurück in den Garten Eden – ganz so wie es Joni Mitchell in einem von Silvias Lieblingssongs, *Woodstock*, sang. Wenn es schon nicht der Laurel Canyon in Kalifornien sein konnte, dann zumindest das sagenumwobene Mittelgebirge südlich von Darmstadt. Wo sich der Legende nach Riesen von Gipfel zu Gipfel Felsbrocken zugeworfen hatten und so das Felsenmeer entstanden war. Wo sich Siegfried an einer Quelle gelabt und Hagen von Tronje ihn hinterrücks ermordet hatte. Der Odenwald. Odins Wald. Das klang mystisch. Nach einem guten Ort für magische Pilze. Und Hanf. Illegal angebaut an geheimen, gut versteckten Plätzen. Abgeschirmt von dichtem Unterholz und Brombeerhecken, aber stets so, dass die wärmeliebenden Pflanzen noch genügend Sonne abbekamen.

Nach mehreren Jahren des Dealens mit Drogen (softe, harte kamen für sie nicht in Frage) hatte sie das ständige Auf-der-Hut-vor-der-Polizei-Sein satt. Nach ein paar Aushilfsjobs begann sie eine Ausbildung zur Kauffrau. Sie wollte eine sichere Stelle, ein geregeltes Einkommen. Ein paar Jahre arbeitete sie in einem Bioladen. Als sie von der Nachricht hörte, dass eine siebzig Hektar große Fläche nahe Michelstadt als Bestattungswald erschlossen werden sollte, bewarben sie und Volker sich um die Geschäftsführung. Künftig sollten östlich des Mossautals unter Ahorn, Birken, Blutbuchen, Ebereschen, Eichen, Kastanien, Kiefern, Lärchen und Weiden Menschen ihre letzte Ruhestätte finden. Volker hatte zwar vor Jahren sein BWL-Studium geschmissen, verfügte jedoch über solide Kenntnisse in der Buchführung. Seinen Job in der Fabrik eines Farbenherstellers im vorderen Odenwald hatte er ohnehin satt. Er suchte nach etwas Neuem.

Es wurde Zeit, dass das Friedhofsmonopol in Deutschland endlich verschwand. Silvia zumindest hatte keine Lust, in einem Eichensarg unter kitschigem Blumenschmuck und einem seelenlosen Grabstein aus Granit, den Kinder aus einem indischen Steinbruch geschlagen hatten, beerdigt zu werden. Dass sie mit ihren Wünschen nicht alleine war, dass Baumbestattungen den Zeitgeschmack trafen, zeigte der rege Zuspruch, den das Konzept von Beginn an erfuhr. Alle in Deutschland eröffneten Bestattungswälder erlebten einen Run. Ihre Kapazitäten waren schnell erschöpft, sodass an jeder Ecke neue entstanden.

Der Erfolg rief schnell die Neider auf den Plan. Steinmetze und Friedhofsgärtner sorgten sich um ihre berufliche Existenz. Friedhofsverwaltungen fürchteten, dass ihnen Gebühreneinnahmen entgingen. Lobbyverbände und Interessenvertretungen übten öffentlich scharfe Kritik. Silvia hatte alle damaligen Berichte, auf die sie stieß, aus den Zeitungen ausgeschnitten oder dem Internet ausgedruckt und in einer Mappe abgeheftet.

Die Kirchen, die rapide Mitglieder verloren, bangten um den Verlust einer ihrer letzten Bastionen. Am lautesten schrien zunächst die Vertreter der katholischen

Kirche. Aber auch die evangelische reihte sich in den Chor der Kritiker ein.

Der Erzbischof von Bamberg monierte wenige Monate nach der Eröffnung des Friedwalds Michelstadt, einem der ersten in Deutschland, dass die Beerdigungskultur zunehmend verflache. Er wetterte gegen Beerdigungen „ohne Kreuz, ohne christliche Liturgie". Diese müssten für Christen tabu sein. „Wir müssen den Leib der Toten ehren, sie würdig im Sarg betten und beerdigen", hob er in einer Predigt hervor. In einem Hirtenbrief, wiederum nur wenige Monate später, warnte die Deutsche Bischofskonferenz vor den „pantheistischen oder naturreligiösen Vorstellungen" von Friedwäldern. Der Lebensbaum der Christen sei „kein noch so schöner naturaler Baum", sondern das über den Gräbern aufgerichtete Kreuz Jesu Christi.

Ein evangelischer Dekan aus Donauwörth gab der Diskussion einen neuen Dreh. Naturbestattungen erschienen zwar natürlich, ließ er verlautbaren. Es müsse jedoch zunächst einiges an technischem Aufwand betrieben werden, um die Verstorbenen einzuäschern. Wenn es nach Silvia ginge, wäre dies sowieso nicht nötig. Von ihr aus könnten die Toten unverbrannt in die Erde. Doch die strengen Verordnungen in Deutschland ließen das in Friedwäldern nicht zu. Ob eingeäschert oder nicht – die Schwermetalle, die der menschliche Körper im Lauf seines Lebens einlagerte, gelangten so oder so in den Erdboden. Das war auf einem Friedhof nicht anders als in einem Bestattungswald.

Insofern konnte Silvia auch die Umweltschutzverbände nicht verstehen, die sich um Grundwasser, Böden und Pflanzen sorgten und gegen die Erschließung von weiteren Wäldern protestierten. Nachdem die Kirchen ihren Frieden mit der Naturbestattung gemacht hatten, kamen die Naturschützer.

Silvia erinnerte sich noch gut an jenen Tag im Dezember 2014, als ein Sachverständiger unter mehreren Bestattungsbäumen Bodenproben an Urnenstellen entnahm. Ein paar Monate lang musste sie um den Weiterbetrieb ihres Friedwalds bangen. Doch die Universität Freiburg, die die Proben aus Michelstadt und anderen Friedwäldern untersucht hatte, gelangte schließlich zu dem Ergebnis, dass eine Verlagerung von Schwermetallen aus der Kremationsasche in die darunter liegenden Bodenschichten nicht messbar sei.

Das Ergebnis der Studie bekam Silvias Mann Volker nicht mehr mit. Er starb im Frühjahr 2015. Herzinfarkt mit vierundsechzig Jahren. Viel zu früh. Dabei hatte er sich sein Leben lang gesund ernährt und viel Sport getrieben. Sie hatte ihn stets dafür bewundert, mit welchem Eifer er täglich seine Yogaübungen machte und raus in den Wald zum Joggen ging. Er hatte in frühen Jahren zwar geraucht. Aber später drehte er sich seine Joints nur noch ohne Tabak, gefüllt mit purem Gras. Spliffs nannte er sie. Wie die Rastafaris auf Jamaika.

Silvia musste innerlich lachen. Volker und Reggae. Das war schon eine tiefe Liebe. Eine Zeit lang experimentierte er trotz seines dünnen Haares damit, sich Dreadlocks wachsen zu lassen. Er hatte gelesen, dass sich die Rastas mit ihren dicken Filzzöpfen mit fruchtbaren Bäumen verglichen. Menschen ohne Locks waren für sie kraftlose Bäume.

„Das sieht bei dir aber eher wie wirres Wurzelgeflecht aus", sagte sie, als sie das dürftige Ergebnis auf seinem Kopf sah. Schon nach wenigen Monaten schnitt sich Volker die Dreadlocks wieder ab.

Zumindest blieben Volker durch seinen frühen Tod die ersten sichtbaren gravierenden Anzeichen des Klimawandels erspart. Sie setzten auch dem Friedwald zu. Doch nie war es so schlimm wie in diesem Jahr.

Überall diese toten Bäume. Totes Holz. Totholz.

Angehörige hatten sich schon beschwert. Sie wollten ihre Toten unter lebendigen Bäumen beerdigt wissen.

Silvia konnte es sich nicht erklären. So trocken war der Sommer in diesem Jahr doch gar nicht. Sie hatte es satt, die Verstorbenen ständig umbetten oder Ersatzpflanzungen vornehmen zu müssen. Wenn das so weiterginge, musste sie bald dichtmachen.

Der Forstbeamte, der heute zu Besuch war, um die Baumschäden zu inspizieren, hatte ihre letzten Hoffnungen zunichte gemacht.

„Wir müssen das an eine höhere Stelle weitermelden", sagte der Förster nach dem Rundgang. „Könnte auf eine vorläufige Schließung hinauslaufen."

Er wirkte müde. Seine Stimme klang besorgt. Silvia wusste, dass sich die Schäden nicht auf ihren Friedwald beschränkten. Bevor er das Gelände verließ, fragte sie: „Was passiert hier gerade mit meinen Bäumen und mit denen da draußen?"

Der Förster zuckte mit den Schultern. „Wir wissen es noch nicht genau."

2.

Sie hatte ihn enttarnt. Sie hatte ihn verraten.

Ihren eigenen Bruder.

Als der Staatsanwalt am Oberlandesgericht Frankfurt am Main vor Florian Kellers Verurteilung zu lebenslanger Haft die Anklageschrift verlas und seine Vergehen aufzählte, ließ Diana das seltsamerweise ungerührt. Solange sie sich zurückerinnern konnte, war ihr Bruder rebellisch. In der Rückschau kam es ihr vor, als schien sein ganzes Leben zwangsläufig darauf hinauszulaufen, dass sich sein Wesen einst in einem Terrorakt entladen würde.

Das erste Mal, dass sie eine Ahnung davon bekam, *wie* trotzig ihr Bruder sein konnte, war nach der Sache mit den Ameisen.

Florian hatte sich im Alter von zwölf Jahren für sein Taschengeld ein *Was ist was*-Buch mit dem Titel *Wunderwelt der Bienen und Ameisen* auf dem Flohmarkt gekauft. Er besaß schon eine ganze Menge aus der Wissensreihe. Eine Zeit lang war sein Lieblingsband derjenige über Dinosaurier. In dieser Phase quälte er Diana mit schier unendlich langen Vorträgen über das, was er in dem Buch gelesen hatte. Tyrannosaurus, Giganotosaurus, Brontosaurus, Diplodocus, Stegosaurus, Triceratops – er kannte alle schwierigen Namen auswendig. Er wusste alles über ihre Lebensweise, ihr Verhalten, ihre Größe und ihre Eigenschaften. Er wusste, ob sie Fleisch- oder Pflanzenfresser waren, ob sie auf vier oder zwei Beinen gingen, ob sie im Meer oder auf dem Land lebten, ob sie flugfähig waren, ob sie Panzerplatten, einen Nackenschild oder Hörner trugen.

Die Welt der Dinosaurier schien Diana ein steter Kampf ums Überleben. Ein Kampf aller gegen alle. Ganz im Gegensatz zu ihrem Bruder war sie froh, dass die Riesenechsen ausgestorben waren. Sie dankte heimlich dem Kometen oder den Vulkanen dafür, dass sie sie von der Erde hatten verschwinden lassen.

Als er sich in das Ameisenbuch vertiefte, war sie froh, dass er sich nun auf eine Welt voller kleiner, harmloser Insekten stürzte. Sie hätte niemals damit gerechnet, dass er ihnen noch mehr Zeit als den ausgestorbenen Urzeitechsen widmen würde. Anders als bei den Sauriern hatte er nun sein Anschauungsobjekt direkt vor der Haustür. Er begann, sie im Garten, in den Feldern, Wiesen und Wäldern zu beobachten und zu erforschen.

Einmal ertappte Diana ihn dabei, wie er auf dem Boden vor ihrem Elternhaus im Taunus lag und unter einen kleinen Eimer schielte, der mit der Öffnung nach unten auf den Verbundsteinen der Garageneinfahrt stand. Als sie wissen wollte, was er da trieb, hob Florian den Eimer hoch wie ein Zauberer seinen Zylinder, unter dem das Kaninchen sitzt. Dianas Blick fiel auf zwei miteinander kämpfenden Ameisen. Die eine der beiden wehrte sich verzweifelt gegen die andere. Sie war der Erschöpfung nahe. Dem Tode, wie sie aus den anderen, bereits leblos auf dem Boden liegenden Ameisen in der Garageneinfahrt schloss. Ihr Bruder hatte dort in den vergangenen Stunden ein wahres Massaker angerichtet.

Florian ließ den Rand des Eimers wieder herab auf den Boden sinken. Diana war klar, dass die beiden Ameisen darunter ihren tödlichen Kampf fortsetzten.

„Äußerst interessant", sagte Florian mit einer seltsam abwesend klingenden Stimme, „immer gewinnt die Schwarze Wegameise gegen die Rote Gartenameise, obwohl sie doch kleiner ist."

Diana ging nicht darauf ein. Sie beschäftigte nur eine einzige Frage: „Warum sperrst du sie da drunter ein?"

Florian grinste schief. Es sah irgendwie verrückt aus. Er hatte die Augen nach oben verdreht. Es war seine dumme Art, ihren Blicken auszuweichen.

„Du bist ganz schön grausam. Du lässt ihnen keine Chance zu fliehen. Nur damit du zusehen kannst, wie sie miteinander kämpfen!"

Ihr Bruder schwieg, hob den Rand des Eimers an und schielte darunter. Still beobachtete er den Ringkampf im Halbdunkel. Er hätte bestimmt viel Freude an den Gladiatorenkämpfen im antiken Rom gehabt, dachte Diana.

Als ihr Bruder auf ihre weiteren Fragen nicht reagierte, ließ sie ihn alleine in der Einfahrt sitzen und ging ins Haus.

Nach diesem Vorfall genügte es Florian nicht mehr, die Ameisen draußen zu beobachten. Er holte sie sich in sein Zimmer und baute, wie es in einem seiner Bücher beschrieben war, eine Ameisenfarm, ein Formicarium, ein speziell für die Insekten bestimmtes Terrarium.

Er befestigte zwei Plexiglasscheiben eng übereinander in einem Rahmen. Den wenige Millimeter tiefen Zwischenraum füllt er mit Erde. So konnte er die Gänge und Nestkammern sehen, die die Ameisen zwischen den beiden Scheiben gruben. Er deckte die Glasscheiben mit roter Farbfilterfolie ab. Als Diana ihn fragte, weshalb, erklärte er ihr, dass Ameisen rot-blind seien. Ihnen erscheine der Bau dadurch dunkel, wie in der Natur. Dahinter gingen sie ungestört weiter ihrer Tätigkeit nach und er konnte sie von außen heimlich beobachten. Diana wurde klar, dass Tierfilmer den gleichen Trick anwenden mussten. Sie erinnerte sich an eine Tiersendung vor ein paar Wochen im Fernsehen. Bei den Innenaufnahmen der Ameisengänge hatte sie sich gefragt, wie sie entstanden waren.

Florian konnte von nun an rund um die Uhr das ganze Ameisenleben beobachten. Er konnte sehen, wie die Königin Eier ablegte, wie der Nachwuchs schlüpfte, wie die Arbeiterinnen das Honigwasser, das er mit einer Pipette in sein Formicarium träufelte, an die Brut und an die Königin weiterverfütterten.

Es blieb nicht bei einem Nest. Florian baute weitere Ameisenfarmen. Irgendwann stand sein ganzes Zimmer voll mit Formicarien, bevölkert von roten, schwarzen und gelben Garten-, Weg- und Waldameisen. Ein einziges großes Gekrabbel und Gewimmel in seinen vier Wänden.

Seine Mutter ekelte sich davor. Sie mochte die Insekten nicht. Angewidert warf sie Blicke auf sie. Sie duldete jedoch Florians Beschäftigung, war froh, dass er ein Hobby gefunden hatte. Sie bat lediglich: „Aber saubermachen musst du."

Sein Vater dagegen zeigte eine deutlich stärkere Abneigung. „Du holst uns noch Krankheiten in die Wohnung", war einer seiner harmloseren Sprüche. Er war der Einzige in der Familie, der sich regelmäßig um den Garten vor dem Haus kümmerte. Er machte ihm jedoch nur Arbeit und brachte ihm keine Freude. „Der Garten ist klein, macht aber viel Dreck", sagte er immer wieder.

„Warum lässt du ihn denn nicht einfach zuwuchern?", hatte Florian einmal entgegnet und dafür eine Backpfeife kassiert.

Der Garten war für seinen Vater ein strikt nach geordneten, menschlichen Maßstäben funktionierendes System. Darin hatten „Schädlinge" und „Unkraut" keinen Platz. Wie in jedem Frühling streute er auch im Jahr von Florians Ameisenbeschäftigung Gift in den

Beeten und auf dem Rasen sowie in den Ritzen zwischen den Steinen der Terrasse und der Einfahrt. Alle Argumente Florians, dass Ameisen alles andere als Schädlinge seien, halfen nichts.

„Die holen uns nur Blattläuse in unseren Garten", sagte sein Vater. Ein paar Tage später wollte er eine Nachbehandlung mit Ameisengift vornehmen. Doch er kam mit leeren Händen aus seiner Kammer im Keller zurück, wo er die Insektizide aufbewahrte.

„Das Ameisengift ist weg", sagte er mit ratlosem Blick. „Auch das Schneckenkorn und die Mottenkugeln, einfach alles."

Der Verdacht fiel sofort auf Florian. Als er die Tat nicht gestehen wollte, zog sein Vater seinen Gürtel aus den Schlaufen seiner Hose. Schon nach zwei Schlägen auf den blanken Po sprudelte es aus Florian heraus und er gab es zu.

Wohin er die Insektizide gebracht hatte, erfuhr nie jemand. Sein Vater kaufte neue und zog die Ausgaben von Florians Taschengeld ab.

Wenige Tage später hörte Diana ihren Vater laut im Flur brüllen. Sofort sprang sie auf und lief vor die Tür zum Zimmer ihres Bruders. Dort wütete ihr Vater aufgebracht herum. Die Schläge mit dem Gürtel und die Taschengeldkürzung hatten ihm offensichtlich nicht genügt. Er musste seinen Sohn noch härter bestrafen.

„Sofort raus mit dem ganzen Viehzeug – auf der Stelle! Wenn ich in einer Stunde zurück bin, ist das alles weg, hast du verstanden!"

Florian parierte. Was blieb ihm auch anderes übrig. Die Strafen seines Vaters konnten brutal sein. Der Ledergürtel auf den nackten Hintern zählte noch zu den milderen Formen.

Florian griff mechanisch nach dem ersten seiner Formicarien. Er versuchte nicht zu weinen, doch die Tränen fanden ihren Weg. Er zog die Nase hoch und hob das Formicarium in die Höhe. Die Ameisen bemerkten sofort die Positionsänderung. Sie witterten die Gefahr. Ein Teil von ihnen nahm Habachtstellung ein, ein anderer Teil stob geschäftig auseinander.

„Soll ich dir helfen?“, fragte Diana.

Er schlug ihre Hand weg.

„Lass mich alleine!“, herrschte ihr Bruder sie an. Er verließ mit dem Formicarium in den Händen das Zimmer. Unten hörte man die Haustür zuschlagen.

Ein paar Tage später entdeckte Diana die zertrümmerten Rahmen und Scheiben in einem Schuttberg auf einer Baustelle in der Nachbarschaft. Wo Florian die Ameisen freigelassen hatte, brachte sie niemals in Erfahrung. Hatte er sie an einer einzigen Stelle oder an verschiedenen Orten ausgesetzt? Hatte er versucht zu vermeiden, dass die Ameisenvölker gegenseitig um ihre Territorien kämpfen mussten – oder wollte er genau das? Und was hatte er mit den Ameisenköniginnen gemacht? Hatte er sie aus Wut im Bach ertränkt? Oder sie gar ins Feuer geworfen? Später hörte Diana, dass ein Ameisenvolk zugrunde geht, wenn ihre Königin abhandenkommt oder stirbt.

Als Diana am Abend in sein Zimmer kam, um ihn zu trösten und ihm eine gute Nacht zu wünschen, sagte ihr Bruder: „Ich hasse ihn. Eines Tages bringe ich ihn um."

3.

Die Waldkiefer, Sandbirke, Silberweide und Winterlinde hatten sie schon hinter sich. Jetzt standen sie vor der Stieleiche. Dem Baum des Jahres 1989.

Bernd Heidereiter konnte sich noch gut an das Jahr erinnern. Er hatte gerade sein Studium angefangen und lernte Moni kennen. Moni. Mit ihr hatte er eine traumhaft schöne Zeit. Zumindest zu Beginn.

In den Fernsehnachrichten liefen damals die Bilder von DDR-Flüchtlingen in den Botschaften von Prag und Budapest, später von auf der Berliner Mauer tanzenden Menschen. Nicht mehr ganz so hoch kochte das Thema Waldsterben, das die Nachrichten der frühen 1980er-Jahre bestimmt hatte. Es ging im Taumel der Wiedervereinigung unter.

„Die Stieleiche wurde als erste zum Baum des Jahres gekürt. Die Aktion sollte von 1989 an jährlich den Wert von Bäumen herausheben“, erklärte Bernd seiner Gruppe. Sie bestand heute fast ausschließlich aus Senioren. Er blickte über eine Vielzahl von Köpfen mit Silberlocken, grau melierten Schläfen, Tonsuren, Haarkränzen und schlohweißen Mähnen.

Führungen mit Kindern mochte Bernd lieber. Die Kleinen waren sehr viel offener, ihre Neugier war groß und schnell geweckt. Unter Erwachsenen gab es immer wieder Teilnehmer, die nicht fragten, sondern es besser wissen wollten. Das hatte mit den Diskussionen um den Klimawandel und den zurückliegenden Trockensommern noch zugenommen. Es gab mittlerweile Tausende von Hobby-Waldexperten, die meinten, sie hätten nebenher Forstwirtschaft studiert.

„Die Stieleiche ist die in Mitteleuropa am weitesten verbreitete Eichenart", fuhr Bernd fort. „Ihre knorrigen Äste bilden eine mächtige, weit ausladende Krone. In der Regel wird sie um die fünfhundert Jahre alt. Bis zu 1400 Jahre sind jedoch auch möglich. Sie kann bis zu vierzig Meter hoch wachsen, in Ausnahmefällen sogar sechzig. Ihre kräftige Pfahlwurzel reicht tief in die Erde. Das gibt ihr eine gute Standfestigkeit. Sie kann damit stark verdichtete Böden erschließen und tiefliegendes Grundwasser erreichen. Häufig schießen wenige Meter über dem Boden zahlreiche Äste aus dem Stamm, was ihr eine Art zweistöckiges Aussehen gibt. Das kann man hier an diesem Exemplar gut erkennen."

Bernd zeigte auf einen Kranz aus Ästen. Er war froh, seinen Vortrag kurz unterbrechen zu können. Er spulte seine Worte heute allzu mechanisch ab. Dabei mochte er eigentlich den Baum-des-Jahres-Pfad, den das Forstamt vor wenigen Jahren angelegt hatte. Ein Rundwanderweg, wenige Kilometer lang, an der

Wegscheide am Weschnitztal, mitten im Odenwald, zwischen Michelstadt und Fürth. Mehr als dreißig Bäume des Jahres gab es schon. Aus Zeitgründen stellte Bernd niemals alle vor. Er traf eine Auswahl. Die Stieleiche war immer dabei. Auch die Buche und die Fichte. Ansonsten wählte er spontan aus. Die Führungen waren ihm eine willkommene Abwechslung. Aber nicht jeden Tag. Und nicht mit jeder Gruppe.

„Das Holz der Stieleiche ist hart, zäh und gut zu bearbeiten. Es ist vielseitig verwendbar: als Brenn- und Bauholz, für Eisenbahnschwellen, für Fässer, für Möbel und als Parkett. Ihre Blätter weisen ein typisches Charakteristikum auf: Sie sind gezähnt, mit wellig runden Ausbuchtungen. Im Spätsommer und Frühherbst reifen ihre Früchte, die Eicheln, heran. Sie enthalten viel Stärke und Gerbstoff. Die Älteren unter Ihnen wissen es vielleicht noch von ihren Großeltern: In Notzeiten, im und nach dem Krieg, fanden geröstete Eicheln als Kaffee-Ersatz oder sogar als Brotzutat Verwendung. Auch einen guten Branntwein kann man aus ihnen gewinnen."

An dieser Stelle, das wusste er, gab es immer Lacher. Auch heute war das so. Auch wenn die Gruppe diesmal lahm und verhalten reagierte. Der botanische Teil war damit abgeschlossen. Nun kam der nächste Part. Für manche Besucher der langweiligere, für manche der interessantere.

„In vielen Mythologien nimmt die Eiche einen besonderen Rang ein. In Griechenland und im alten

Rom galt sie als die Erste Pflanze, auf die sich der Ursprung der Menschen zurückführen lässt. Die Griechen weihten sie Zeus, die Römer Jupiter und die Germanen dem Gewittergott Donar. Ein Grund dafür liegt wohl darin, dass Eichen häufig der Blitz trifft. Während der Christianisierung wurden viele heilige Eichen der Germanen gerodet. Der Legende nach fällte der Missionar Bonifatius unter dem Schutz fränkischer Soldaten im Jahr 723 die Donareiche im nordhessischen Geismar. Er wollte den Heiden beweisen, dass an ihrer Vorstellung nichts dran sei. Da ihn nicht der Blitz traf, war der Beweis erbracht, dass ihr Gott ein machtloses Wesen ist und nicht einmal einschreitet, um einen ihm geweihten Baum zu schützen. Die Chatten, Namenspatrone für die späteren Hessen, fielen vor ihm auf die Knie und nahmen den christlichen Glauben an. Aus dem Holz der Eiche ließ Bonifatius später ein Bethaus errichten, vermutlich an der Stelle des heutigen Fritzlarer Doms. Die Bischöfe von Mainz und Würzburg klagten allerdings immer wieder darüber, dass Chatten dabei ertappt wurden, wie sie weiterhin heimlich heilige Bäume anbeteten."

„Wir Hessen hatten eben schon immer ein ganz besonderes Verhältnis zum Wald", unterbrach ihn ein älterer Mann. Er nickte eifrig. Ein paar der Umstehenden, vor allem diejenigen direkt neben ihm, lachten. „Wir sind ja auch das Bundesland mit dem meisten Wald", fügte er hinzu. Sein Nicken wirkte pathologisch. Bernd wäre am liebsten zu ihm hingesprungen, um seinen Kopf festzuhalten. Der prahlerische Ton in seiner Stimme missfiel ihm.

„Das stimmt", pflichtete Bernd ihm bei, nicht ohne ihn zu korrigieren: „Mehr als vierzig Prozent unserer Landesfläche sind mit Wald bedeckt. Eine ganze Menge. Hessen muss sich allerdings den ersten Platz mit Rheinland-Pfalz teilen. Und in absoluten Zahlen gesehen hat immer noch Bayern mit rund zweieinhalb Millionen Hektar die Nase vorn – ist aber ein viel größeres Bundesland."

Dem älteren Mann gefiel es sichtlich gar nicht, vor allen Leuten belehrt zu werden. Er drehte sich zur Seite und sagte etwas leise zu seinen Begleitern. Bernd meinte, das Wort „Wisconsin" zu hören. Womöglich bezog sich das auf Bernds T-Shirt. Es trug die Aufschrift *Wisconsin State Parks & Forests*. Er hatte es von einem Austauschprogramm mit ebenjenem US-Bundesstaat, der Hessens Partnerland ist, und an dem er mit anderen Forstbeamten teilgenommen hatte. Wenn er an die Ausmaße der dortigen Wälder zurückdachte! Er hatte sich in deren Weiten regelrecht verliebt.

„Mit der Stieleiche beenden wir unsere Führung. Sie erinnern sich sicher noch: 1989 lagen die heiß geführten Debatten um das Waldsterben und den sauren Regen noch nicht lange zurück. Forstwissenschaftler hatten prognostiziert, dass in wenigen Jahren der gesamte deutsche Wald verschwunden sein würde. Einige revidierten später ihre Meinung. Zum Glück ist der Wald damals nicht gestorben. Zumindest nicht in dem Ausmaß, wie vorhergesagt. Heute haben wir es mit ganz anderen Problemen zu tun. Mit dem Klimawandel, mit Stürmen, mit Dürren. Sie erinnern sich vielleicht an den Orkan Kyrill, die Trockensommer der vergangenen Jahre ..."

„Der Wald mag damals nicht gestorben sein", unterbrach ihn ein anderer Teilnehmer, „doch die Kronen der Buchen da drüben sind ziemlich tot. Und das sieht mir nicht nach Sturmschäden aus."

Bernd hatte die lichten Stellen am frühen Morgen auch schon bemerkt. Er hatte beschlossen, sich das noch näher anzuschauen. Wegen der Vorbereitung für die Führung hatte er jedoch nicht genügend Zeit dafür gefunden.

„Die sind mir auch schon aufgefallen", antwortete Bernd dem Mann, der ihn erwartungsvoll anblickte. Neben ihm stand eine Frau. Sie trat von einem Fuß auf den anderen. Vielleicht weil sie fror, vielleicht aus Ungeduld. „Eventuell sind es Fressschäden", sagte Bernd. „Sie wissen ja: Der Wald ist trocken. Da gibt der Borkenkäfer den Bäumen schnell den Rest."

Der Mann nickte. Zuerst dachte Bernd, es bedeute Zustimmung. Doch der Mann verabschiedete sich. Die Gruppe war bereits dabei, sich aufzulösen. Nach und nach nickten ihm auch die anderen Teilnehmer zu und gingen davon.

Bernd ärgerte sich, dass er den Mann angelogen hatte. Er konnte selbst aus der Ferne sehen, dass Borkenkäfer nicht die Ursache waren. Er wollte jedoch nicht den Eindruck vermitteln, als habe er keine Ahnung. Genau das war aber der Fall. Momentan jedenfalls.

Gegen Feierabend telefonierte er mit dem Forstamt. Dem Leiter waren die Schäden längst bekannt. Nicht nur in Bernds Revier traten sie auf. Mehrere der vor Erbach und Michelstadt gelegenen Waldstücke waren betroffen.

„Eine Erklärung dafür haben wir noch nicht“, sagte Bernds Chef. „Es scheint aber mit der Trockenheit zusammenzuhängen. Das Zentrum der Schäden liegt östlich des Mossautals, genauer beim Friedwald Michelstadt. Den Bestattungswald selbst konnte ich heute leider nur kurz betreten. Ich habe aber für morgen einen zweiten, längeren Ortstermin mit der Geschäftsführerin vereinbart. Wollen Sie mich begleiten, Heidereiter?“

Bernd sagte ja.

Als er aufgelegt hatte, kamen ihm die Bilder von den Pflanzenteilen wieder in den Sinn, die er am Nachmittag direkt nach der Führung inspiziert hatte. Die Dürre konnte nicht die alleinige Ursache sein. Der Sommer war in diesem Jahr nicht übermäßig trocken. Der Wald war dabei, sich zu erholen. Trockenheit stellte auch weniger ein Problem für die Buchen und die meisten anderen Laubbäume dar. Sorgen bereiteten die Nadelhölzer, vor allem Flachwurzler wie die Fichte. Holzertrag hin oder her – sie hätten in der Region niemals angepflanzt werden dürfen. Ein paar Jahrzehnte war es gut gegangen. Aber jetzt führte der Klimawandel deutlich vor Augen, dass sie hier nicht hingehörten. Überall sah man ihre Gerippe dürr und abgestorben in braunen Grüppchen zwischen grünen Laubbäumen auf den Hängen stehen.

Die Pflanzenteile, die Bernd am Nachmittag durch seine Hände streichen ließ, wirkten, als hätten sie jegliche Vitalkraft verloren. Als wären sämtliche Botenstoffe, Hormone und Auxine aus ihnen gewichen und als hätten sie ihr Wachstum vollkommen eingestellt.

4.

Es gab Jahre, da sah Diana ihren Bruder monatelang nicht. Florian ließ sich im Haus seiner Eltern kaum noch blicken, nachdem er nach dem Abitur einen Studienplatz für Biologie in Marburg bekommen hatte und ausgezogen war.

Der Umzug war für ihn eine Befreiung. Er kam nur noch an Weihnachten und an Geburtstagen zu Besuch. Irgendwann tauchte er auch zu diesen Gelegenheiten nicht mehr auf.

„Ich habe keine Lust, bei unseren Eltern im Wohnzimmer herumzusitzen und ihrem Weihnachtsbaum beim Sterben zuzusehen", erklärte er seiner Schwester.

Er ging nicht mehr ans Telefon, rief seine Eltern nicht mehr zurück und antwortete nicht mehr auf Briefe. Er brach den Kontakt zu seiner Mutter und seinem Vater vollständig ab.

Mit Diana sah es anders aus. Sie durfte ihn weiter in seiner Marburger Studentenbude besuchen. Doch ihre Treffen waren für sie meist unerquicklich. Die Ansichten ihres Bruders wurden zunehmend radikaler. Sie stritten fast nur noch.

Florian war überzeugt, dass der Mensch ein Irrläufer der Evolution sei. Dass er die Erde unbewohnbar mache und sich sein eigenes Grab schaufele. Und dass der Planet besser ohne seine Spezies dran sei und sie am besten von ihm verschwinde.

Diana war zwar durchaus offen für Umweltschutz. Die Ansichten Florians waren jedoch schlicht menschenverachtend. Wie konnte er die Austilgung ihrer ganzen Spezies fordern? Jedes einzelne Exemplar aus der acht Milliarden großen Population der Menschen stand ihr näher als eine Pflanze oder ein Tier.

Einmal fragte ihr Bruder sie mitten in einer ihrer hitzigen Diskussionen, für wessen Tod sie sich entschiede, wenn sie die Wahl hätte zwischen einem am Frankfurter Hauptbahnhof in der Gosse liegenden Junkie oder einer vitalen Wildkatze im nordhessischen Kellerwald. Ihre Antwort („für den Junkie") konterte er damit, der Mensch sei eine schwache, längst degenerierte Art und sei ohnehin dem Aussterben geweiht. Der Mensch sei nicht die Krone, er sei der Killer der Schöpfung, der ein Übel nach dem anderen in die Welt setze. Er müsse weg. Die Natur müsse wieder sich selbst überlassen werden. Diana nannte seine Argumente „darwinistisch" und „faschistoid". Florian grinste schief. Eine Angewohnheit, die sie schon seit ihrer Kindheit an ihm hasste.

Doch sie blieb unerschütterlich dabei: Sie würde sich für das Leben eines jeden einzelnen Menschen einsetzen, selbst wenn sie dabei den Tod eines Tieres in Kauf nehmen müsse. Sie sprach es jedoch nicht laut aus. Um das Gespräch auf ein anderes Thema zu lenken, fragte sie: „Was ist das für eine seltsame Blume da auf dem Foto?"

Das Bild, das Florian vermutlich aus dem Internet ausgedruckt und über seinen Schreibtisch gepinnt hatte, war ihr schon alleine deshalb aufgefallen, weil es fast das einzige schmückende Inventar in seiner karg eingerichteten Studentenbude war. Nicht nur die Wände waren kahl und leer, auch seine Schränke und Regale. Diana sah nicht eine einzige Zimmerpflanze. Offensichtlich hatte Florian aufgehört, Grünzeug in Töpfen zu ziehen. Er hatte damit noch zu Hause angefangen, gleich nach dem abrupten Ende der Ameisenepisode. Als Blumentöpfe die Formicarien ablösten, sagte seine Mutter: „Endlich holst du dir was Schönes ins Zimmer." Sein Vater hingegen rümpfte nur die Nase. Florian zog ausnahmslos Wildkräuter, die er im Garten, auf Feldern und im Wald fand.

„Faszinierend, nicht wahr", antwortete Florian auf Dianas Frage. „Das ist eine Pterostylis, eine Gattung der Orchideen. Auf Englisch heißt sie *greenhood*, wegen ihrer grünen Kappe. Grün ist als Farbe für eine Blüte ziemlich ungewöhnlich. Mit ihrem Duft lockt die Pterostylis Fliegen an. Berührt ein Insekt ihr zentrales Blütenblatt, die Lippe, schließt sie es mit ihren

Blättern ein und zwingt es, entlang des Staubblatts und der Narbe zu entkommen – Falle zu, Blüte bestäubt." Wieder hatte er dabei dieses schiefe Grinsen.

Silvia erinnerte sich noch gut an den Tag, als auch sie endgültig den Kontakt zu ihrem Bruder verlor. Sie rief in Marburg an. Florians WG-Mitbewohner am anderen Ende der Verbindung sagte, dass er ihren Bruder lange nicht mehr gesehen habe und nicht wisse, wo er sich zurzeit aufhalte. „Sein Studium hat er, soweit ich weiß, geschmissen. Er ist seit Wochen nicht mehr in den Vorlesungen aufgekreuzt."

Silvia grübelte in jener Nacht lange über Florian nach. Vor ihrem inneren Auge erschienen viele Szenen aus ihrer gemeinsamen Kindheit in ihrem Elternhaus. Ihr schossen Bilder durch den Kopf von seinen Dinosaurierbüchern, seinen Ameisen, seinen Formicarien, von seinem Zimmer, das zum Zeitpunkt vor seinem Umzug vollgestellt war mit Blumentöpfen.

Mit Pflanzen hatte Diana nie viel anfangen können. Anders als ihre Freundinnen hatte sie keine einzige Vase, keinen einzigen Topf in ihrem Zimmer stehen. Pflanzen blieben ihr immer fremd. Sie wirkten auf sie abstrakt und unnahbar. Sie lebten ein zurückgezogenes Leben in vollkommener Stille und Ruhe. Das machte ihr Angst.

Anders sah es mit Tieren aus. Seit sie klein war, wünschte sie sich als Haustier einen Hund. Ein Wunsch, den ihre Eltern nie erfüllen sollten. Sie wollten keinen sabbernden, müffelnden Köter in ihrer

Wohnung, der die Teppiche vollhaarte und Unsummen an Geld für Futter verschlang. Florian hingegen interessierten Tiere seit dem Ende seiner Beschäftigung mit den Dinosauriern und Ameisen kaum noch.

„Die Liebe zum Tier, insbesondere zum Säugetier, ist primitiv. Menschen, vor allem Kinder, mögen Tiere doch bloß nur, weil sie sich selbst darin sehen", sagte er einmal zu seiner Schwester, als sie wegen ihres unerfüllten Wunsches nach einem Haustier weinend im Bett lag. „Außerdem sind Pflanzen die wahren Herrscher der Welt. Rate mal, wie viel Biomasse die Gesamtheit der Pflanzen im Vergleich zu den Tieren auf der Erde ausmacht?"

Diana hatte ihr Gesicht ins Kissen gepresst. Sie schüttelte leise schluchzend den Kopf. Das Wort Biomasse hatte sie noch nie gehört und auf Florians Spielchen hatte sie gerade überhaupt keine Lust.

„99,5 Prozent. Stell dir das mal vor!" Ihr Bruder nickte begeistert. „Die Tiere, inklusive Mensch, machen also gerade mal 0,5 Prozent aus. Hättest du das gedacht?"

Im Gegensatz zu den Formicarien konnten ihre Eltern gegen die Topfpflanzen in Florians Zimmer wenig sagen. Die Gewächse störten nicht, taten nichts Böses. Ihre Mutter mochte Blumen, sie hegte selbst welche auf den Fensterbänken im Wohnzimmer – wenn auch im Gegensatz zu Florians Wildkräutern bunt blühende, hochgezüchtete Exoten.

Florian weigerte sich, Wildkräuter als Unkraut anzusehen. Irgendwann gab sein Vater es auf, ihn in den Garten zum Jäten abzukommandieren. Er machte die Gartenarbeit fortan lieber alleine.

Florian verlor zusehends das Interesse an Diskussionen mit seinen Eltern. Überhaupt verstummte er in den Jahren bis zu seinem Abitur immer mehr. Er zog sich in sein Zimmer zurück, verweigerte sich dem Familienleben, nahm an Ausflügen mit seinen Eltern und seiner Schwester immer seltener teil, irgendwann gar nicht mehr. Er vergrub sich hinter Büchern über Botanik und Ökologie, aber auch Politik und Philosophie. Er begann zunehmend, biologische Themen auf die Gesellschaft zu übertragen.

In der Zeit seines Studiums, in der Diana noch Kontakt zu ihm hatte, engagierte er sich in diversen Umweltschutzgruppen. Es begann mit Fridays For Future, BUND und Greenpeace. Als diese ihm nicht mehr radikal genug waren, schloss er sich Extinction Rebellion, Robin Wood und der Letzten Generation an. Eines Tages, als Diana ihn in Marburg besuchte, gestand Florian ihr, dass er nachts heimlich mit anderen Aktivisten in Genlabore eindrang, um dort Buttersäure zu verschütten. Oder in Ställe mit Massentierhaltung einbrach, um die Missstände darin zu filmen und die Bilder am nächsten Tag ins Netz zu stellen. Er beteiligte sich an mehreren Baumbesetzungen, zuerst im Hambacher Forst, um den Kohleabbau zu stoppen, später im Dannenröder Forst bei Marburg, um den

Ausbau der A 49 zu verhindern. Er und andere Aktivisten klebten sich mit Sekundenkleber an Asphalt oder an Kunstwerken fest.

Nachdem ihr Bruder untergetaucht war, suchte Diana gar nicht erst nach ihm. Das musste sie auch nicht. Denn eines Tages fand er zu ihr.

Diana hörte in den Nachrichten, dass ein prominenter Kohlestromlobbyist durch eine Briefbombe getötet worden sei. Der Attentäter habe sich für die Tat mit einem Schreiben bekannt. Darin fordere er den sofortigen Ausstieg aus den fossilen Brennstoffen. Unterzeichnet habe der Unbekannte mit einem Decknamen. Mit dem Namen *Greenhood*.

Sofort war Diana klar, dass es sich um ihren Bruder handeln musste.

5.

Professorin Dr. Monika Weber hatte ihr ganzes wissenschaftliches Leben lang der Erforschung von Pflanzen gewidmet. Als Expertin für Pflanzenphysiologie wusste sie fast alles über deren Stoffwechsel, ihre Entwicklung, ihr Wachstum, ihre Bewegung, ihre Reaktionen auf Reize und ihre Interaktion mit anderen Organismen.

Das Phänomen, mit dem sie es jetzt zu tun hatte, führte ihr jedoch drastisch die Grenzen ihrer Wissenschaft vor Augen. Insgeheim hatten sie und ihre Kollegen es schon immer gewusst, aber auszusprechen wagte es kaum jemand: Die Botanik konnte immer nur das *Wie* erklären. Sie konnte die Fotosynthese, die Bildung von Substanzen, den Stofftransport und die Kommunikation zwischen Zellen, Geweben und Organen genaustens beschreiben. Sie konnte die Abläufe jedes einzelnen dieser Prozesse detailliert darlegen. Aber was genau war die treibende Kraft dahinter? Was setzte sie in Gang?

Klar, seit der Entdeckung des Streckungshormons Auxin und anderer Pflanzenbotenstoffe wusste die

Botanik, *was* die Abläufe steuerte und *wie* sie gesteuert wurden. Aber das *Warum* war nicht ganz klar. Und die Frage, mit der sie sich gerade beschäftigte, war eindeutig eine des *Warums*.

Warum wuchsen diese Pflanzen nicht mehr?

Sie hatte schon häufiger erfahren müssen: Erst wenn ein Prozess aussetzt, wird einem bewusst, dass einem eigentlich nicht vollständig klar ist, warum er ansonsten läuft. Funktioniert er, nimmt man es hin. Stoppt er, sucht man nach der Ursache für das Aussetzen. Und dazu muss man den Prozess durchdringen und durchleuchten.

Sie erinnerte sich an einen Familienausflug in ihrer Kindheit, bei dem ihr das erstmals klar geworden war.

Ihre Eltern, ihr jüngerer Bruder Peter und sie waren unterwegs zu ihren Großeltern. Plötzlich fing der Motor des Wagens, in dem sie saßen, an zu stottern. Ihr Vater lenkte das Auto auf den Standstreifen. Er stieg aus, öffnete die Motorhaube und schaute nach. Der Rest der Familie folgte ihm nach draußen und schaute zu, wie er am Motor herumwerkelte, um den Grund für dessen Versagen herauszufinden.

„Ist genügend Benzin drin?“, fragte ihre Mutter.

„Klar doch.“

„Ist der Keilriemen noch ganz?“

„Natürlich.“

„Ist irgendein anderes Teil kaputt?“

„Das versuche ich ja gerade herauszufinden.“

In die sich anschließende Stille, in der nur die Geräusche zu hören waren, die sein Vater im Motorraum verursachte, sagte Peter: „Vielleicht will der Motor einfach nicht mehr."

„Warum sollte er nicht mehr wollen?", fragte ihr Vater.

„Vielleicht weil er keine Lust mehr hat. Vielleicht ist er müde."

„Bei Maschinen ist das keine Frage des Wollens, Peter, sondern des Könnens. Sie laufen nach dem ganz einfachen Prinzip Ursache und Wirkung. Es muss was kaputt sein, Peter. Deshalb *kann* der Motor nicht mehr, selbst wenn er *wollte*."

„Warum läuft denn ein Motor überhaupt?"

„Er verbrennt Benzin."

„Warum sorgt das dafür, dass der Motor läuft?"

„Die Wärmeausdehnung des Heißgases, das dadurch entsteht, setzt die Kolben in Bewegung."

„Vielleicht hat das Benzin ja keine Lust mehr zu brennen?"

„Peter, jetzt genügt es aber! Chemische Stoffe haben genau wie Maschinen keinen eigenen Willen."

Das war die Stelle, an der sich Monika einschaltete: „Und wenn sie doch ihren eigenen Willen haben?"

„Bist du verrückt, Monika! Jetzt seid aber endlich mal still."

Ihr Vater wischte sich die ölverschmierten Hände an einem Tuch ab und machte sich auf den Weg zur nächsten Notrufsäule.

Etwa eine halbe Stunde später kam der ADAC und schleppte den Wagen ab. Er musste in die nächste Autowerkstatt. Der Vergaser war hinüber. Die Familie stieg in einen Leihwagen und setzt die Fahrt fort. Voller Begeisterung schaute sich Peter im Innern des Pkw um, der sehr viel größer war als der seiner Eltern.

„Papa, warum haben wir kein so geiles Auto?"

„Sei still, Peter. Papa ist gestresst", sagte Mutter.

Die ganze Zeit während der Heimfahrt dachte Monika schweigend über weitere Fragen nach dem Warum nach. Sie ging die Kausalkette so weit zurück, wie sie es schaffte. Benzin war leicht entzündlich, weil es den organischen Kohlenwasserstoff Benzol enthält. Dieser war leicht entzündlich, weil der Flammpunkt und die Zündtemperatur vergleichsweise niedrig lagen. Monika schätzte ersteren im zweistelligen Minustemperatur- und zweitere im mittleren dreistelligen Plustemperaturbereich. Flammpunkt und Zündtemperatur waren bei jedem Stoff unterschiedlich, so viel wusste sie. Aber warum? Sie wollte das in Büchern nachschlagen. Sie war sich ziemlich sicher, dass, wenn sie es herausfinden würde, auch diese Antwort eine weitere Frage nach dem Warum nach sich ziehen würde. So war das immer, wenn sie begann, über etwa nachzudenken.

Wie weit zurück konnte man mit seinen Warum-Fragen gehen, bis man an die letzte Grenze stieß? Monika glaubte nicht an Gott. Aber sie wusste aus Berichten über berühmte Naturwissenschaftlerinnen und Naturwissenschaftler, dass ihre ewige Warum-Fragerei sie bis zu Gott geführt hatte. Falls das eines Tages einmal bei ihr so sein sollte, würde es jedoch bestimmt nicht die Art von Gott sein, die ihre Religionslehrerin ihnen im Schulunterricht verkaufen wollte. Die Lehrerin hatte schon oft Diskussionen mit ihr abgebrochen, weil ihr Monikas Fragen viel zu kompliziert wurden. Es müsste ein Gott sein, der viel komplexer, viel schwerer zu begreifen, für Menschen vielleicht vollkommen unverständlich war. Es musste eine letzte große Instanz sein. Eine Instanz, bei der alle Fragen nach dem Warum endeten.

Monika sang, während sie sich über ihre Versuchsanordnung beugte, leise vor sich hin. Seitdem sie die Proben von Buchen, Eichen, Fichten und anderen Bäumen untersuchte, die der Landesbetrieb Hessenforst aus dem Odenwald an das Botanische Institut der Goethe-Universität Frankfurt am Main geschickt hatte, war es immer wieder derselbe Song von Cat Stevens.

Besonders gut gefiel ihr darin die Zeile, in der es hieß, dass niemand wisse, warum eine Blume wächst. Sie sang sie mit besonderer Inbrunst.

Sie kannte das Lied schon seit Jahrzehnten, hatte es als Studentin geliebt. Doch Bernd, ihr damaliger Freund, fand es kitschig. Die meisten ihrer Freunde urteilten genauso. Sie standen mehr auf die härteren Sachen. Bernd war ein Fan von Neil Young – der einzige Musiker, auf den sie sich beide einigen konnten.

Wenn sie gemeinsam Liebe in ihrer Studentenbude machten, war *Like A Hurricane* eines ihrer favorisierten Lieder.

Monika schaltete die Erinnerung daran aus. Wie einen Radiosender. Sie sang wieder den Song von Cat Stevens.

Niemals zuvor hatte dessen Text für sie mehr Sinn ergeben als heute: Niemand weiß, warum eine Pflanze wächst. Genauso gut konnte auch niemand erklären, warum eine Pflanze nicht wächst, warum sie ihr Wachstum einfach einstellt.

Genau das wollte man aber nun von ihr wissen. Alle bislang erfolgten Untersuchungen im Auftrag des Ministeriums für Umwelt, Klimaschutz, Landwirtschaft und Verbraucherschutz hatten zu keinem Ergebnis geführt. Deshalb hatte sich der Landesbetrieb Hessenforst an sie gewandt.

Monika hatte die Berichte und Fotos ausführlich studiert, die ihr das Wiesbadener Ministerium vorab per E-Mail zugeschickt hatte, noch bevor die Aktenordner voller Dokumente und die Proben eintrafen. Es sah schlimm aus. Komplette Waldgebiete des Odenwalds von der rheinischen Tiefebene bis beinahe hinab zum Neckar waren betroffen. Eine Fläche von rund vierhundert Quadratkilometern und damit ein Gebiet größer als der Inselstaat Malta. Monika sah Bilder von kahlen Wäldern bei Darmstadt, Bensheim, Heppenheim, Wald-Michelbach, Beerfelden, Fürth, Reichels-heim, Erbach und Michelstadt. Kilometerweit nichts als Baumruinen, die kahl in den Himmel ragten. Die Krankheit war schon kurz davor, sich über die Grenzen nach Baden-Württemberg und Bayern auszubreiten und somit zu einem länderübergreifenden Problem zu werden.

Der Bericht, an dem Monika schrieb, sollte zu den bisherigen Studien hinzukommen. Doch bislang hatte sie allem wenig hinzuzufügen.

Die Landesregierung stand unter Druck. Schon in wenigen Tagen sollte eine Anhörung im Hessischen Landtag stattfinden, zu der auch politische Vertreter aus Bayern und Baden-Württemberg eingeladen waren. Längst beherrschte das Thema die Medien. Was mit Berichten in Lokalzeitungen begann, griffen überregionale Medien auf. „Das neue Waldsterben", titelte *Spiegel Online*. Die Moderatorin des *heute-journal* führte ein scharfes Interview mit einem Minister der Grünen, in dem dieser nicht gut wegkam.

Monika klickte noch einmal durch die mehrere hundert Seiten umfassende Datei.

Es brachte nichts.

Nichts als Pixel auf einem Bildschirm.

Sie musste dorthin, wo alles seinen Anfang genommen hatte. Sie musste zurück an die Quelle. Dorthin, wo all ihre Fragen nach dem Warum auf eine vorläufig letzte stießen.

Sie musste sich die Bäume, die abgestorbenen Bäume bei Michelstadt, genauer anschauen. Im dortigen Friedwald hatte alles seinen Ausgang genommen. Sie musste sie direkt vor Ort am lebendigen, vielmehr toten, Objekt studieren und nicht nur nach Aktenlage. Sie musste all die anderen Pflanzen und Lebewesen um die Holzgerippe herum erkunden. Sie musste den Boden überprüfen, auf dem die Baumruinen standen. Sie musste die kleinsten Käfer und kleinsten Triebe, die dort krabbelten und rankten in Augenschein nehmen. Sie musste die Erde zwischen ihren Fingern zerreiben, den Sand durch ihre Hand rieseln lassen. Als Pflanzenphysiologin blickte sie sehr genau auf den Stoffwechsel, die Entwicklung, das Wachstum, die Bewegung der Pflanzen. Ganz besonders schaute sie aber auch auf ihre Reaktionen, auf Reize und ihre Interaktion mit anderen Organismen.

Sie scrollte zurück nach oben und las erneut den Bericht des Forstamts Michelstadt, das als erstes die Schäden festgehalten hatte.

Sie bekam einen Schreck, als sie dort seinen Namen las.

Einen Namen aus der Vergangenheit, an den sie lange nicht mehr gedacht hatte. Mit ihm kehrten die Zeilen aus *Like A Hurricane* in ihren Kopf zurück. Sie sang sich den Song innerlich vor. Diesmal schaltete sie ihn nicht aus.

Namen von Menschen, die man lange nicht gehört hat, verblassen. Sie treten zurück hinter den Gefühlen, den Erinnerungen, die man mit der jeweiligen Person verknüpft.

Bernd. Seinen Vornamen könnte sie heute noch im Schlaf sprechen.

Heidereiter. Der Nachname aber kam ihr heute völlig fremd vor.

Vielleicht war das der Grund, warum sie ihn beim ersten Lesen übersehen hatte.

6.

Diana hatte noch nie besonders intensiv die Nachrichten verfolgt. Sie schaute nur sporadisch die *Tagesschau* oder *heute*. Zeitungen und Magazine konsumierte sie fast nie. Im Internet suchte sie nach vielem, nur nicht gezielt nach News. Es gab ganze Tage, an denen sie die neuesten politischen Ereignisse gar nicht mitbekam. Sie erfuhr zum Beispiel erst viele Stunden später als der weitgrößte Teil der Weltbevölkerung, dass die russische Armee auf Befehl von Präsident Wladimir Putin in die Ukraine eimarschiert war. Hätte es ihr nicht eine Freundin am Telefon gesagt, hätte sie es vermutlich erst am nächsten Morgen im Büro erfahren. Es störte Diana aber herzlich wenig, wenn sie Neuigkeiten erst aus Gesprächen mit Arbeitskollegen oder Nachbarn erfuhr.

Das änderte sich schlagartig, als sie zu ersten Mal von der *Greenhood*-Terrorserie hörte. Sobald sie vom Tod des Kohlestromlobbyisten erfahren hatte, entwickelte sie sich zu einem regelrechten News-Junkie und begann intensiv zu recherchieren. Es gab viel nachzuholen. Das Internet war voll mit Berichten über *Greenhood.*

Erstmals in der Geschichte der Bundesrepublik kam der tödliche Terror nicht von links, rechts oder von fundamentalistischen Islamisten, sondern aus der Klima-Bewegung. Das zog scharfe Debatten in der Politik und in den Medien nach sich. Manche sahen schon eine „grüne RAF" heraufziehen. Die alten Reflexe gegen die Grünen kehrten wieder. Die anderen bürgerlichen Parteien der Mitte, die über die Jahre mehr und mehr politische Inhalte der Öko-Partei übernommen hatten, nutzten die Chance, sich wieder von einigen unliebsamen und weitreichenden Positionen wie einem Tempolimit auf deutschen Autobahnen zu verabschieden. Sie hatten sie ohnehin nur angenommen, um die klimabewegte Jugend nicht zu verlieren.

Zu ihrer Überraschung erfuhr Diana, dass der Mord an dem Lobbyisten nicht der erste Anschlag *Greenhoods* war. Der oder die Täter hatten schon seit gut einem halben Jahr Briefbomben an Menschen verschickt, die er oder sie für schuldig an der Umweltzerstörung hielten. Die bisherigen Attentate hatten jedoch nicht für einen solchen Medienrummel gesorgt wie das jüngste – das erste mit tödlichem Ausgang.

Die Ermittlungsbehörden tappten im Dunkeln. Sie spekulierten, ob es sich um eine Gruppe oder um einen Einzeltäter handelte. Der Deckname *Greenhood,* so die Theorie, könnte für eine Art Bruderschaft –

brotherhood – stehen. Oder für einen einzelnen Kämpfer, der sich in der Tradition von Robin Hood sah. Schnell etablierten die Medien, dass sie aus Ermangelung eines Täterfotos symbolisch einen Menschen in einem grünen Hoodie abbildeten, der die Kapuze tief herabgezogen hatte, sodass sein Gesicht unkenntlich blieb. Manche Medien gaben *Greenhood* den Beinamen „der Klimakiller“. Das veranlasste einige User zu Kommentaren, dass die Bezeichnung falsch sei und eigentlich „der Klimakiller-Killer“ lauten müsse. Dem wiederum hielten andere entgegen, sie sei richtig gewählt, denn der Attentäter töte ja für das Klima.

Diana las sich mit stockendem Atem und schneller schlagendem Herzen durch die Berichte über die vorherigen Opfer. Eine Sekretärin eines hessischen Landtagsabgeordneten erlitt nach dem Öffnen eines Pakets schwere Schnitt- und Brandwunden. Ein Angestellter im Postverteilzentrum der Opelwerke Rüsselsheim verlor durch eine Explosion vier Finger. Die Bombe durchtrennte die Arterie seiner rechten Hand und schädigte irreparabel sein linkes Auge. Im dritten Fall konnte das Schlimmste verhindert werden: In der Zentrale der Lufthansa am Frankfurter Flughafen wurde ein verdächtiges Paket entdeckt. Die Polizei wurde gerufen, einem Sprengstoffexperten gelang es, die Bombe zu entschärfen.

Diana musste schnell handeln.

Ihr war klar, dass ihr Bruder nicht aufgeben würde. Ihr war auch bewusst, dass, wenn überhaupt jemand, sie die einzige Person war, die ihn stoppen konnte. Sie hatte allerdings keine Ahnung, wie sie ihn finden sollte.

Plötzlich fiel ihr der letzte Brief ein, den sie von Florian erhalten hatte. Nachdem Diana ebenfalls mit Beginn ihres Studiums aus dem Elternhaus ausgezogen war, schrieb er, bevor er untertauchte, eine Reihe von Briefen an ihre Adresse. Die Bahn war frei, er hatte nicht mehr zu befürchten, dass ihre Eltern sie abfingen. Richtige altmodische Papierbriefe waren es, handschriftlich mit Tinte geschrieben.

Irgendetwas an dem letzten kam ihr besonders seltsam vor, fiel Diana ein. Sie durchwühlte sämtliche Schränke und suchte nach ihm. Sie hatte ihn gut versteckt, wollte ihn sich vom Hals halten. Aus den Augen aus dem Sinn. Diana erinnerte sich, dass sie ihn beinahe aus Wut zerrissen und in die Altpapiertonne geworfen hätte.

Tief in einer Schublade, begraben unter missliebigem Papierkram, fand sie ihn. Sie schaute auf den Umschlag:

Florian Keller
Tief im Wald 0
00000 Weschnitztal, Wegscheide

Dass es sich um einen Fantasieabsender handelte, zumindest in Teilen, war ihr sofort klar gewesen, als sie den Umschlag aus ihrem Briefkasten gezogen hatte. Daran erinnerte sie sich jetzt wieder. Doch warum hatte ihr Bruder diesen Absender angegeben? Wollte er ihr eine Fährte legen? Welche Teile davon stimmten, welche nicht?

Immer wieder hatte sie Florian davon reden gehört, dass er am liebsten einsam in einer Hütte im Wald leben wollte. Offensichtlich hatte er seinen Traum à la Henry David Thoreau wahrgemacht.

Schnell traf sie eine Entscheidung.

Anhand der wenigen Angaben, die sie hatte, wollte sie ihn aufspüren. Sie nahm sich vor, ins Weschnitztal, wo auch immer es lag, zu fahren, um sich bei den Anwohnern durchzufragen oder eventuell Kontakt mit der Forstverwaltung aufzunehmen. Sie googlete in ihrem Smartphone nach „Wechnitztal" und „Wegscheide". Sie war überrascht, dass es ihren Bruder anscheinend aus Marburg in den Süden Hessens, in den Odenwald, verschlagen hatte. Sie legte ihr Handy wieder zur Seite, nahm das Kuvert in die Hand und zog den Brief heraus.

Es war ein Schreiben ohne Anrede, ohne Einleitung. Florian hatte ihr lediglich eine selbstverfasste Geschichte geschickt. Ein Märchen.

Diana hasste es. Sie hasste das, was ihr Bruder ihr damit sagen wollte. Dennoch las sie es noch einmal. Sie hoffte, dass zwischen den Zeilen geheime Botschaften steckten, die Aufschluss über seinen derzeitigen Aufenthaltstort geben konnten. Nein, das war nicht der Fall, bemerkte sie schnell. Dennoch las sie weiter, bis zum Ende.

7.

Grünkäppchen und der böse Mensch

Grünkäppchen war allein unterwegs. Mutter Natur hatte ihr gesagt: „Du kannst alle Wege gehen, die du gehen möchtest. Folge einfach deiner inneren Stimme. Nur vor dem Menschen musst du dich in Acht nehmen."

„Das werde ich tun", hatte Grünkäppchen ihrer Mutter versprochen und war frohgelaunt losgezogen.

Kaum aber war sie aus dem Wald, kam der Mensch und verstellte ihr den Weg. Grünkäppchen wich aus und nahm einen anderen Weg. Doch wieder verstellte ihr der Mensch den Weg. Grünkäppchen wählte wieder einen anderen Weg. Doch wieder geschah das Gleiche. Und so wiederholte sich das noch ungezählte Male.

Irgendwann hatte Grünkäppchen es leid und sprach den Menschen an: „Mensch, warum hast du so große Füße?"

„Damit ich dich besser zertreten kann", sagte der Mensch und trat auch schon zu. Grünkäppchen spürte das Gewicht auf ihrem Körper und wie sie immer kleiner wurde.

„Mensch, warum hast so lange Arme?", wimmerte das kleine Klümpchen, zu dem Grünkäppchen mittlerweile zertreten war.

„Damit ich dich besser pflücken kann." Und schon spürte Grünkäppchen die riesigen Finger um ihren Blütenkelch.

„Mensch, warum hast du so große Hände?", heulte das kleine Klümpchen und zitterte aus Angst vor dem, was kommen sollte.

„Damit ich dich besser zerrupfen kann", sagte der Mensch. Und schon spürte Grünkäppchen, wie ein Blütenblatt nach dem anderen aus ihrem Körperchen gezogen wurde. Als Grünkäppchen ganz entblättert war, warf der Mensch ihren kahlen Stängel achtlos zu Boden und ging fort.

Grünkäppchen aber spürte, wie das Leben langsam aus ihr wich.

Und weil sie gestorben ist, leben nur noch wenige heute.

8.

In der „Von“-Spalte in Bernd Heidereiters dienstlichem E-Mailprogramm tauchten jeden Tag mehr oder weniger dieselben Absender auf. Namen von direkten oder entfernteren Kollegen, von Behördenvertretern oder Versendern von Newslettern, die Bernd abonniert hatte. Selten blinkte einmal eine Adresse auf, die er nicht kannte. Ausnahmen fanden sich meist nur in den Köpfen der E-Mails, die die Sekretärin der Geschäftsstelle des Forstamts Michelstadt an ihn weiterleitete.

Als Bernd jedoch an diesem Morgen seinen Computer hochfuhr und dort zweimal der Name „Monika Weber“ in Verknüpfung mit der Adresse m.weber@bio.uni-frankfurt.de erschien, bekam Bernd einen Riesenschrecken. Eine halbe Minute lang hörte er, zurückgelehnt auf seinem Schreibtischstuhl, auf seinen Herzschlag. Dann gab er sich einen Ruck und klickte die erste E-Mail an.

Sehr geehrte Damen und Herren vom Forstamt Michelstadt,

mein Name ist Monika Weber. Ich bin Professorin am Botanischen Institut der Johann Wolfgang Goethe-Universität Frankfurt am Main. Das Hessische Ministerium für Umwelt, Klimaschutz, Landwirtschaft und Verbraucherschutz hat unser Institut damit beauftragt, die Ursachen für die neuartige im Odenwald auftretende Baumkrankheit zu erforschen. Der Landesbetrieb Hessenforst hat uns deshalb auf dem Gelände des Friedwalds Michelstadt entnommene Pflanzenproben zur Analyse eingeschickt.

Als Pflanzenphysiologin ist es mir äußerst wichtig, das die Pflanzen umgebende Milieu näher bestimmen zu können, um so mehr über deren Interaktion mit anderen Organismen und über ihre Reaktionen auf äußere Reize zu erfahren.

Ich bitte Sie deshalb höflichst um Absprache zwecks eines Vor-Ort-Termins im Friedwald Michelstadt. Sie können mich hierzu jederzeit anrufen oder einfach auf diese E-Mail mit Terminvorschlägen antworten.

Mit freundlichen Grüßen,

Prof. Dr. Monika Weber

Johann Wolfgang von Goethe-Universität

Fachbereich 15, Biowissenschaften

Biologicum, Campus Riedberg, Max-von-Laue-Str. 13

60438 Frankfurt am Main

Bernd klickte die zweite E-Mail an.

Hallo Bernd,
das ist sicherlich eine Überraschung für dich, meinen Namen nach so langer Zeit zu lesen. Wer hätte gedacht, dass uns einmal der Zufall wieder zusammenführen wird – und ausgerechnet wegen einer solchen Katastrophe für unsere Wälder?
Ich wollte nicht nur den förmlichen Weg über das Forstamt gehen, sondern dir auch eine persönliche Nachricht schreiben. Es war einfach, deine E-Mail-Adresse herauszufinden: Vorname.Nachname@forst.hessen.de
Ich freue mich schon auf ein Wiedersehen mit dir!
Herzliche Grüße,
Monika

Bernd schaute lange ins Leere. Sein Blick fixierte nichts von alledem, an was er sonst in seinem Arbeitszimmer hängenblieb. Die kleinen gelben Post-it-Zettelchen mit Notizen, die er an den Rahmen seines Computerbildschirms geklebt hatte. Seine Kritzeleien auf der Papierschreibtischunterlage. Den Tischkalender mit wichtigen Terminen. Den Bilderrahmen mit dem Foto von ihm und seinen beiden Töchtern Lisa und Lena am Strand von Spiekeroog.

Monika. Moni.

Jahrelang hatte er nicht mehr an sie gedacht. Obwohl, nein, das stimmte nicht ganz. In unregelmäßigen Abständen blitzten in seiner Erinnerung Bilder aus ihrer gemeinsamen Zeit in Marburg auf. Moni war seine erste richtige feste Freundin gewesen. Alle Mädchen davor, ob in der Schul- oder Bundeswehrzeit, waren Affären. Mit Moni hingegen war er fast zwei Jahre zusammen.

Kennengelernt hatten sie sich gleich in der Einführungswoche an der Universität. Sie hatten sich schnell verliebt und waren auch schnell zusammengezogen.

Anfangs lief alles bestens. Bernd kam sich vor wie in einem wunderbaren Film. Eine dieser heiteren französischen Liebeskomödien. Sie hatten viel Zeit füreinander. Sie lebten ihre Liebe exzessiv aus, rund um die Uhr.

Verglichen mit der Strenge des Bundeswehralltags war das Studentenleben locker und frei. Marburg, wenn auch nur eine kleine Stadt, lockte tagsüber und nachts mit seinen vielen Cafés und Kneipen zu Begegnungen und Abenteuern. Und den Rest der Zeit genoss Bernd die Vorlesungen und Seminare. Anders als in der Schule konnte er sich nun ganz seinem Lieblingsfach widmen. Der Biologie. Der Lehre vom Leben. Der einzigen Wissenschaft, die ihn je interessiert hatte. Schon als Kind las er am liebsten in Tierbüchern, sah Tiersendungen im Fernsehen, beobachtete in der Natur mit seinem Fernglas Vögel oder identifizierte mit seinem Bestimmungsbuch Pflanzen.

Monika besaß dieselbe schwärmerische Herangehensweise an die Welt der Tiere und Pflanzen wie er. An Gesprächsthemen mangelte es ihnen beiden nie.

Ob auf ihren gemeinsamen Wanderungen oder in ihren nächtelangen Gesprächen. Allerdings merkte Bernd auch sehr bald, dass Moni ihm im wissenschaftlichen Denken, in der Entwicklung von Theorien und im Erkennen von Zusammenhängen weit überlegen war.

Schon im zweiten Semester stellte sich bei Bernd nach der anfänglichen Begeisterung für sein Studium eine gewisse Ernüchterung ein. Die akademische Wissenschaft kam ihm zunehmend trocken, theoretisch, zu abgehoben und zu weit weg vom konkreten Anschauungsobjekt vor. Er war ein guter Beobachter in der Natur, im Bestimmen von Arten. Die zum Studium gehörenden Exkursionen und Feldforschungen bereiteten ihm sehr viel mehr Freude als das Büffeln in staubigen Hörsälen und das Brüten über muffigen Büchern.

Moni hingegen war eine emsige Leseratte. Sie verschlang ein theoretisches Werk nach dem anderen. Sie begann, sich für Wissenschaftsgeschichte zu interessieren und besuchte nebenher Vorlesungen in Philosophie. Sie war auf der Suche nach den großen Zusammenhängen, während er schon damit zufrieden war, kleine Dinge zu beobachten.

Bernd konnte sich noch gut daran erinnern, wie er im dritten Semester eine Hausarbeit über Auxine geschrieben hatte, den Wachstumsregulatoren der Pflanzen. Er tat sich unendlich schwer damit, bekam keine Ordnung und Struktur in den Text.

Moni hingegen interessierte das Thema von Bernds Hausarbeit brennend. Sie hatte Charles Darwins Buch *Das Bewegungsvermögen der Pflanzen* verschlungen. Der berühmte Naturforscher hatte es zusammen mit seinem Sohn Francis gegen Ende des 19. Jahrhunderts veröffentlicht. Eine bahnbrechende Untersuchung, ein Grundlagenwerk für die spätere Pflanzenphysiologie. Es ebnete der Ansicht den Weg, dass Pflanzen nicht nur die stillen, ungerührten Gewächse sind, für die man sie gemeinhin hielt.

Nach Reisen um die ganze Welt hatte sich Charles Darwin in seinem letzten Lebensjahrzehnt in sein Haus in Downe südlich von London zurückgezogen. Die Tierwelt interessierte ihn immer weniger, er wandte sich der Botanik zu. Die Stille und Ruhe im ländlichen England brachten ihn dazu, sich mit der Bewegung von angeblich Unbeweglichem zu beschäftigen.

Nach Versuchen mit Schlingpflanzen und fleischfressenden Pflanzen experimentierten Vater und Sohn Darwin mit Sprossen von Gräsern und Hafer. Die beiden Forscher zeigten mit Experimenten, dass die ersten aufgehenden Blätter der Sprossen in gesteuerten Kreisbewegungen in Richtung des Lichts wuchsen. Ihre Beobachtungen führten später zu der Entdeckung der Auxine. Sie untersuchten auch die Reaktionen der Wurzel auf Reize. In der Wurzelspitze vermuteten die beiden das „Gehirn" von Pflanzen. Eine Analogie, die in den kontroversen Diskussionen darüber, ob Pflanzen eine ihnen eigene Intelligenz besaßen, Befürworter seitdem immer wieder heranzogen.

Moni schaltete sich immer stärker in Bernds Arbeit ein. Sie begann, ihn mit immer mehr Theorien zu versorgen – eine abgehobener als die andere. Das führte aber nur dazu, dass sich Bernd total verzettelte. Irgendwann reichte es Bernd und er herrschte sie an: „Das ist meine Arbeit, kümmere dich gefälligst um deinen eigenen Kram!“

Was danach folgte, war nicht ihr erster Streit, aber einer ihrer heftigsten. Bei Bernd sorgte er dafür, dass er fortan kein Wort mehr zu Papier brachte. Er fühlte sich bei jedem weiteren Satz, den er formulierte, von Moni beobachtet und löschte ihn gleich wieder. Zunehmend suchte er Ausflüchte, um sich nicht an seinen Schreibtisch setzen zu müssen. Er verließ immer häufiger fluchtartig die Wohnung. Stets alleine, stets eine neue Ausrede parat.

Je näher der Abgabetermin rückte, desto klarer wurde es Bernd, dass er diese Arbeit nicht beenden würde. Es waren nicht die ersten Risse in seinem Lernverhalten, aber die bisher größten. Bernd verfiel in eine Art Depression. Er begann, Vorlesungen und Seminare zu schwänzen, ohne dass Moni etwas davon bemerkte. Er meldete sich für keine neue Seminararbeit mehr an. Stattdessen verbrachte er ganze Tage damit, allein durch die Wälder zu streifen.

Eines Morgens wachte er auf und wusste, was er tun wollte.

Er informierte sich über die Einschreibetermine in Göttingen. Dort konnte man im Gegensatz zu Marburg Forstwirtschaft studieren. Forstwirtschaft. Warum war er nicht schon früher darauf gekommen! Dieser Studiengang würde ihn glücklich machen. Mit der Perspektive, Diplombiologe zu werden, hatte er längst abgeschlossen. Er wollte nicht in der stickigen Luft irgendeines Instituts oder Labors verstauben. Forstwirt, das klang verlockend. Nach frischer Luft und freier Natur. Nach einem Beruf, der sich mit etwas Handfestem, nicht mit etwas Ungreifbarem beschäftigte.

Eines Tages schließlich fuhr er nach Göttingen und schrieb sich ein, ohne Moni davon vorher etwas zu sagen. Er beichtete es ihr erst, als er die Zusage hatte. Moni war außer sich. Sie reagierte heftiger, als er es erwartet hatte. Für sie stellte seine Heimlichkeit einen „Vertrauensbruch" dar, wie sie sich ausdrückte.

„Wie stellst du dir das denn jetzt vor!", schrie sie ihn an. „Wir leben seit bald zwei Jahren zusammen – und jetzt ziehst du einfach aus?"

„Göttingen ist doch gar nicht so weit weg."

„Eine Wochenendbeziehung! Es kriselt doch eh schon zwischen uns."

Moni sollte recht behalten. Dass sie sich tagelang nicht sahen und nur noch miteinander telefonierten, war für sie beide nicht nur ungewohnt, die Distanz ließ auch ihre Liebe zueinander erkalten.

Vor allem sorgte aber auch Bernds neues Studienfach dafür, dass sie sich auseinanderlebten. Ihre Gespräche fanden kaum noch einen gemeinsamen Nenner. Regelmäßig gerieten sie in Streit. Moni hielt Bernd vor, dass Förster in Wäldern reine Wirtschaftsbetriebe sähen und einzig und alleine auf Holzertrag aus seien. Mit Ökologie habe das Ganze nichts zu tun. Bernd hielt dagegen, dass die Forstwirtschaft dabei sei, sich zu reformieren und sich immer stärker nach ökologischen Kriterien auszurichten.

Es half nichts. Irgendwann fror ihre Beziehung ein. Ihre gegenseitigen Besuche an den Wochenenden wurden immer seltener. Bernd fand neue Freunde und Freundinnen. Moni fand neue Freundinnen und Freunde. Beide konnten sie mit den neuen Bekanntschaften des jeweils anderen wenig anfangen.

Moni verkehrte immer mehr in akademischen Kreisen. Nachdem sie eine Stelle als Hilfskraft bei einem Professor angenommen hatte, machte sie schnell Karriere. Noch bevor sie ihre Diplomarbeit begann, hatte Bernd sie längst aus den Augen verloren. Irgendwann im Jahr 1993, rechnete Bernd nach, hatten sie das letzte Mal miteinander telefoniert.

Jahre später sah er Moni durch Zufall in einer Fernsehsendung, in der sie als Expertin interviewt wurde. Danach googlte er ihren Namen und stellte fest, dass sie inzwischen Professorin in Frankfurt war. Ihre Publikationsliste war erstaunlich lang. Sie hatte sich ein ziemliches Renommee als Pflanzenphysiologin erworben. Auch zu dem umstrittenen Thema der Pflanzenintelligenz hatte sie mehrere Fachartikel veröffentlicht. Das passte wunderbar, fand Bernd. Und ihr Interesse dafür hatte in jenem streitlustigen Sommer 1992 begonnen.

Bernd wachte aus seinen Erinnerungen auf und begann wieder, auf der Tastatur seines Rechners zu tippen. Er leitete Monikas E-Mail (die erste, die förmliche) an seinen Boss weiter mit der Frage: „Wann haben Sie Zeit?“

Er loggte sich aus seinem E-Mail-Programm aus, fuhr seinen Computer herunter und war froh, noch draußen im Wald etwas zu tun zu haben. Um die Antwort seines Chefs wollte er sich am Abend kümmern.

9.

Diana gab ihre einsame Suche auf. Ihre Versuche, Florian zu finden, waren kläglich gescheitert.

Resigniert musste sie feststellen, dass das Weschnitztal einige Kilometer groß und „Wegscheide" eine sehr vage Angabe war. Es handelte sich um eine mitten im Wald gelegene Kreuzung, an der sich die Bundesstraße 460 und die Landstraße L3105 trafen. Da nicht davon auszugehen war, dass Florian sich direkt an einem Verkehrsknotenpunkt in seine Waldeinsamkeit zurückgezogen hatte, war Diana über mehrere Tage jeweils von der Kreuzung ausgehend in die verschiedenen Himmelsrichtungen gewandert. Sie war stundenlang durch die ausgedehnten Wälder gezogen. Der Odenwald war zwar zivilisiertes Gebiet, hatte jedoch seine einsamen Seiten.

Seitdem sie von ihrem Elternhaus im Taunus nach Frankfurt gezogen war, hatte sich Diana zu einem richtigen Stadtmenschen entwickelt. Vielleicht war sie das schon immer gewesen. Sie mochte zwar die Natur, zog jedoch Spaziergänge durch Parks einer langen Wanderung durch Wälder vor. Konnten Freunde sie doch einmal zu einer solchen überreden, spürte sie, wie sie spätestens nach zwei Stunden wieder zurück in die Zivilisation wollte. Sie hasste es, einen Rucksack schleppen und schales Wasser aus einer Trinkflasche oder aufgeweichte Brote aus einer Tupperdose verzehren zu müssen. Sie war jedes Mal froh, in einem Café oder Restaurant einkehren zu können, um dort frische Getränke oder schmackhaft zubereitetes Essen zu sich zu nehmen.

Nach vielen Stunden in den Wäldern des Weschnitztals hatte sie es satt. Sie konnte keine himmelverdeckenden Bäume, kein lichtschluckendes Unterholz, kein unwegsames Dickicht, kein modriges Laub, keine verrottenden Nadeln, keine vermoosten Felsen, keine umrankten Findlinge mehr sehen.

Ursprünglich hatte sie sich vorgenommen, Anwohner zu fragen, ob sie von einem Eremiten wüssten, der hier in den Wäldern lebte. Doch als sie den ersten Spaziergängern auf ihren einsamen Wanderungen begegnete (wie konnte man sie als Anwohner erkennen?), traute sie sich das plötzlich nicht. Sie grüßte zwar höflich zurück (hier draußen grüßte man, auch Fremde), bekam anschließend jedoch kein weiteres Wort mehr über die Lippen.

War es überhaupt eine Frage des Sich-Trauens? Diana wurde plötzlich klar, dass es vielmehr Vorsicht war. Sie konnte nicht wissen, welche Reaktionen sie mit ihren Fragen auslöste.

Die letzte geplante Wanderung durch ein ihr noch fehlendes Teilstück des Weschnitztals trat sie erst gar nicht mehr an. Allerdings nicht, weil die Wälder nordöstlich von Rohrbach das größte zusammenhängende Stück bildeten und ihr dort ein Erfolg am unwahrscheinlichsten schien, sondern weil ihr Bruder ihr zuvorkam.

Er schlug erneut zu.

Zum fünften Mal. Zum zweiten Mal tödlich.

Eine Briefbombe hatte den Manager einer Werbeagentur getötet. Unter seinen Kunden war ein großer Automobilkonzern, der weiter auf Verbrennungsmotoren setzte.

Diana musste schnell handeln. Sie durfte keine Zeit verlieren. Sie musste ihre sinnlose Art der Suche aufgeben. Sie brauchte Unterstützung. Professionelle Hilfe. Die Polizei jedoch wollte sie, vorerst, nicht einschalten. Und wer kannte sich besser in den Wäldern aus als ein Förster?

Sie beschloss, sich an das Forstamt Michelstadt zu wenden, das sie nach ein paar Klicks im Internet als zuständig für das Weschnitztal ausmachte. Sie schrieb eine möglichst unverdächtig klingende E-Mail:

Sehr geehrte Damen und Herren,
mein Name ist Diana Keller. Ich bitte Sie, mir in folgender Sache zu helfen: Schon seit Längerem suche ich meinen Bruder. Er gilt in unserer Familie und unter seinen Freunden als vermisst. Nun gibt es Indizien dafür, dass er sich

möglicherweise in den Wäldern des Weschnitztals, genauer an der Wegscheide, aufhält. Eventuell hat er sich dort einen Unterschlupf gebaut oder eine leerstehende Hütte bezogen. Ist Ihnen in dieser Richtung etwas aufgefallen oder können Sie mir sonstige Hinweise geben? Gerne kann ich mich auch mit Ihnen treffen.
Mit freundlichen Grüßen,
Diana Keller

10.

Sie war unvorsichtig gewesen. Sie hatte etwas verraten, was sie niemals hätte verraten dürfen. Und das war jetzt die Quittung. Warum bloß hatte sie Max gesagt, wer im Friedwald begraben liegt?

Nach der Schließung des Bestattungswalds wollte Silvia Sörries den restlichen Sommer nicht untätig zu Hause verbringen. Offiziell war sie vom Arbeitgeber „freigestellt". Es bestand kaum Aussicht darauf, dass der Friedwald in den nächsten Monaten noch einmal öffnen würde. Silvia fragte sich, ob sie überhaupt je wieder ihre Tätigkeit aufnehmen könne. Die Bäume sahen schlimm aus. Der Wald war abgeriegelt, zu einem Sperrgebiet erklärt worden. Ganz wie die verbotene Zone von Tschernobyl.

Silvia hätte die Möglichkeit gehabt, sich an einen anderen Friedwaldstandort versetzen zu lassen. Doch sie wollte ihr Haus im Odenwald nicht aufgeben, das ihr so viel bedeutete und in dem so viele Erinnerungen an glückliche Zeiten mit Volker steckten. Wenn es zum Äußersten kommen und der Friedwald nicht mehr öffnen sollte, würde sie halt in Frührente gehen.

Etwas Gutes hatte ihre Freistellung: Den ganzen Ärger mit den Angehörigen der Verstorbenen bekam nun die Zentrale des Friedwald-Unternehmens ab. Sie musste sich damit nicht mehr rumplagen. Ein wenig Angst hatte sie dennoch vor ihrer Auszeit gehabt. Was sollte sie den ganzen Tag machen? Stricken, kochen, backen oder lesen, fernsehen und Kreuzworträtsel lösen? Konnte sie nach all den Jahren der Berufstätigkeit überhaupt noch untätig rumsitzen?

Schon nach wenigen Tagen merkte sie, dass es ihr nicht lag, alleine zu Hause rumzuhängen. Sie klappte ihren Laptop auf und suchte im Internet nach Festivals. Es wird ja wohl noch genügend davon geben, sagte sie sich. Ja, tatsächlich, sogar mehr als sie dachte. Es existierten sogar noch welche, die es schon in ihrer Jugend gab: das *Open Ohr* in Mainz, das *Burg Herzberg Festival* in Osthessen. Und es gab sogar eines direkt im Odenwald am Marbachstausee, dessen Plakate ihr schon häufiger am Straßenrand aufgefallen waren: das *Sound Of The Forest*. Ausgerechnet ein solcher Name!

Sie klickte sich durchs Netz und hatte schnell einen Fahrplan zusammen. Den restlichen Sommer würde sie mit ihrem alten VW Bulli von Festival zu Festival ziehen, ganz so wie sie es früher, zu ihren allerbesten Hippiezeiten mit Volker gemacht hatte. Eine Zeitreise – klar; sie wollte noch mal jung sein. Wer weiß, wie lange sie das noch konnte. Und sie hatte über die Jahre genügend Geld angespart, um es jetzt zu verprassen.

Gleich auf dem ersten Festival, dem *Sound Of The Forest*, lernte sie Max kennen. Er war gut dreißig Jahre jünger als sie. Seine Clique hatte drei große Zelte in direkter Nachbarschaft ihres Busses aufgeschlagen. Die jungen Männer und Frauen hoben jedes Mal, wenn sie vorbeikam, ihre Bierdosen und prosteten ihr zu.

Den ersten Abend zog Silvia noch alleine über das Festivalgelände. Sie gehörte eindeutig zu den ältesten Besuchern. Viele Jüngere lächelten ihr dennoch anerkennend zu, wenn sie barfuß mit glitzernden Fußkettchen, klingenden Armreifen, schweren Halsketten und in ihrem indischen Batikkleid an ihnen vorbeischritt. Sie fing auch den einen oder anderen Blick von Männern ihres Alters ein, die ganz ihrem Beuteschema entsprachen. Doch wenn sie begann, ihnen Zeichen zu geben, senkten die meisten ihren Blick gleich wieder. Viele waren mit ihren Ehefrauen da.

Die Namen der Bands, die auf der Bühne spielten, sagten Silvia nichts. Die meisten gefielen ihr aber. Überrascht stellte sie fest, dass es heute noch jede Menge jüngerer Musiker gab, die den alten Spirit weitertrugen, wenn auch mit neuen Sounds.

Nach dem letzten Konzert des ersten Abends ging sie zurück zu ihrem Bus. Die Gruppe junger Menschen, die neben ihrem Bus ihre Zelte aufgeschlagen hatte, saß um einen Grill, in dem noch ein Rest Kohle glomm. Als sie Silvia kommen sahen, hoben sie wieder ihre Bierdosen und prosteten ihr zu. Einer der Jungs rief ihr zu: „Komm, setz dich doch zu uns!"

Silvia ließ sich nicht lange bitten. Sie lächelte und setzte sich in ihre Runde – direkt neben den jungen Mann, der ihr zugerufen hatte.

„Hier, nimm!", sagte er und reichte ihr eine Dose *Gude*-Pils. Silvia zog den Pull-Tab ab und ein Schwall Bierschaum spritzte hinaus. Sie fing die Tropfen mit dem Mund auf. Die Runde lachte. Silvia schluckte und lachte schließlich mit.

Die jungen Leute machten einen netten ersten Eindruck auf sie. Männer waren klar in der Überzahl. Die wenigen Frauen saßen jeweils eng an ihren Freund gekuschelt. Ein Pärchen knutschte heftig. Alle in der Runde wirkten müde, betrunken oder auch bekifft.

„Ich bin der Max", sagte der junge Mann neben ihr und schlug mit seiner Dose gegen ihre.

„Und ich bin die Silvia."

Sie merkte von Anfang an, dass er versuchen würde, sie anzubaggern. Sie machte das Spiel mit, sie würde es schon rechtzeitig wieder stoppen.

„Warst du schon öfter hier?", fragte Max.

Silvia schüttelte den Kopf. „Bin das erste Mal hier."

Max grinste. „Hätte gedacht, du gehst hier schon seit Jahren hin. Ich bin auch zum ersten Mal hier." Er hob sein Bier. „Auf uns Debütanten!"

Sie stießen erneut ihre Dosen aneinander.

Silvia trank und blickte anschließend schweigend in die Glut.

„Willst du was Besseres als das?“, fragte Max plötzlich in die Stille und deutete mit seinem Kinn auf die Dose in seiner Hand.

„Kommt drauf an“, sagte Silvia und lächelte.

Max stand auf und verschwand kurz in seinem Zelt. Er kam mit einem imposanten, sauber gedrehten Joint zurück. Er zündete ihn ehrfurchtsvoll an, zog zweimal daran und reichte ihn weiter an Silvia. Der Rest der Runde schien es kaum zu registrieren.

Lange schon hatte Silvia nicht mehr gekifft. Seit Volkers Tod hatte es kaum noch eine Bedeutung für sie. Der ihr von früher vertraute Geschmack von Haschisch legte sich auf ihre Zunge. Sie bevorzugte Marihuana (Ganja hatte Volker dazu immer gesagt). Gras entfaltete seine Wirkung sanfter. Aber Haschisch ging auch klar.

Als Silvia den Joint an ihren Nachbarn zur anderen Seite weitergeben wollte, winkte der ab. Stattdessen griff Max ihn sich wieder. Entweder hatten die anderen in der Runde schon genug oder es gab eine interne Übereinkunft, die Silvia nicht durchschaute. Wenn sie und Max sich den Joint weiter alleine teilten, würde es ihr schnell zu viel. Sie merkte bereits, dass der Shit ziemlich knallte. Sie hatte gelesen, dass der THC-Gehalt in Cannabis heute sehr viel höher lag.

„Das alles hier erinnert dich sicher an frühere Zeiten, oder?“, fragte Max.

Silvia lachte. Dabei drang Rauch aus ihrem Mund. „Wie alt schätzt du mich?"

„Das sagt man einer Dame doch nicht! Aber ich denke, dass du die Hippiezeit im Gegensatz zu mir noch miterlebt hast."

„Nicht ganz. Bei Woodstock war ich noch ein kleines Kind. Als ich Hippie wurde, gab es schon Punks. Die haben uns beschimpft."

„Im Ernst? Die wollten doch eigentlich dasselbe wie ihr, oder?"

Silvia inhalierte. Darüber hatte sie sich nie Gedanken gemacht.

„Aber unter den Punkern gab es schon immer rote Zecken", fuhr Max fort.

Silvia verstand nicht genau, was er damit meinte. Sie mochte die Worte aber nicht, die er gebrauchte, und wollte nicht danach fragen. Sie wollte lieber das Thema wechseln.

Doch schon hörte sie Max sagen: „Wir sind ja eher so Neo-Hippies." Er musste über das Wort lachen.

„Oder Neo-Neo-Hippies", hörte sich Silvia sagen. Beide kicherten sie albern drauflos. Vielleicht war das ja eine Art, vom Thema wegzukommen.

„Meine Freunde und ich sehen vielleicht nicht aus wie Hippies", sagte Max, „wir tragen kurze Haare und so. Aber tief im Innern sind wir es."

Silvia ließ ihren Blick über die Reihe der Jungs schweifen. Sie trugen tatsächlich alle ihr Haar kurz. Dabei hatte Silvia heute auf dem Festivalgelände viele langmähnige junge Männer gesehen. Max und seine Freude hingegen bevorzugten einen Frisurenstil, der Silvia in den letzten Jahren an vielen Jungs aufgefallen war: ausrasierte Nacken, Unterschnitt an den Seiten, das Deckhaar zu einem strammen Seitenscheitel gekämmt. Silvia mochte diesen Stil nicht, er erinnerte sie zu sehr an die alten grauen Jugendfotos ihrer Großväter.

„Im Grunde genommen, sind wir nicht anders als deine Generation. Wir lieben die Natur und wollen sie schützen."

Silvia merkte, wie sie plötzlich müde wurde. Irgendetwas gefiel ihr an dem Unterton in Max' Stimme nicht. An seiner Sprechweise, an dem, was zwischen den Zeilen mitschwang.

„Ich geh mal schlafen", sagte sie.

„Bleib noch."

„Ich bin verdammt müde. War ein langer Tag heute."

Sie stand auf. Auch Max erhob sich. Er wollte sie zum Bus begleiten. Sie machte ein abwehrendes Zeichen und sagte: „Lass uns morgen zusammen frühstücken, okay?"

„Du bist jederzeit willkommen", sagte Max und setzte sich wieder.

„Gute Nacht", sagte Silvia in die Runde. Die meisten dösten aber längst vor sich hin.

Am nächsten Tag wich Max kaum von Silvias Seite. Sie gingen zusammen über das Festivalgelände, setzten sich zu zweit an Essensstände und schauten sich gemeinsam Bands an. Ab und zu stießen Freunde aus Max' Clique hinzu. Sie gingen aber schnell wieder ihre eigenen Wege.

Max studierte in Heidelberg Geschichte. Als er von ihr wissen wollte, was sie mache, erzählte sie ihm vom Friedwald. Sie kamen auf die seltsame Waldkrankheit zu sprechen. Auch das Gelände des *Sound Of The Forest*-Festivals war nicht davon verschont geblieben. Überall standen kahle Bäume. Die Krankheit war längst nicht mehr nur ein Phänomen des Odenwalds. Sie hatte mittlerweile auch andere Mittelgebirgsregionen Deutschlands erreicht und war dabei, die europäischen Nachbarländer zu erfassen.

An vielen der Festival-Verkaufsständen gab es Buttons und Aufkleber mit Sprüchen zum Klimawandel und dem neuartigen Waldsterben: „There is no planet B", „Wald statt Asphalt", aber auch Klassiker, die Silvia noch von früher kannte. Etwa die Weissagung mit den Anfangs- und Endworten: „Erst wenn der letzte Baum gerodet ist ... werdet ihr feststellen, dass man Geld nicht essen kann."

Im Trend lagen Badges und Sticker mit der Abbildung eines gelben Ortsaugangschildes, auf dem schwarz der Name eines deutschen Mittelgebirges aufgedruckt war – durchgestrichen mit einem roten Balken: Odenwald, Pfälzerwald, Westerwald, Thüringer Wald, Schwarzwald, Frankenwald, Bayrischer Wald, Kellerwald. Es gab sie in unterschiedlichen Varianten, manche zeigten nur das Schild, andere zusätzlich eine schwarze Silhouette mit abgestorbenen Baumruinen.

„Eine Schande", sagte Max mit Blick auf die toten Bäume, die das Festivalgelände säumten.

Silvia wusste nicht, was sie von Max halten sollte. Er war ihr nicht unsympathisch, aber etwas störte sie an ihm. Er schien trotz gleicher Interessen unglaublich konservativ. Vielleicht lag es an seinem Geschichtsstudium. Vielleicht aber auch an seiner Unterschnitt-Seitenscheitel-Frisur. Immer wieder gebrauchte er Ausdrücke, die Silvia längst aus ihrem Wortschatz verbannt hatte. Worte wie „Heimat" und „Volk". Einmal sagte er sogar mit Blick auf die Masse der Festivalbesucher „Rasse". Silvia dachte zuerst, sie habe sich verhört. Aber er hatte es gesagt.

In der Nacht kreiste wieder der Joint. Anschließend beging Silvia ihren Riesenfehler. Vermutlich war sie zu stoned und wusste nicht mehr, was sie tat. Diesmal ließ sie Max zu sich rein in den Bulli.

Der Sex, den sie hatten, war nicht der Rede wert. Sie fühlte sich danach kein bisschen müde, sondern vollkommen aufgeputscht. Und dann erzählte sie Max, der mit einem versonnenen Lächeln neben ihr lag, das, was sie ihm niemals hätte verraten dürfen, was ein Geheimnis hätte bleiben müssen. Nicht nur, weil es so der letzte Wille der Hinterbliebenen gewesen war.

Sie verriet Max, dass im Friedwald Michelstadt der berüchtigte Klima-Terrorist Florian Keller begraben sei, besser bekannt unter seinem Decknamen *Greenhood*.

11.

Wenige Tage, nachdem Diana ihre E-Mail an das Forstamt Michelstadt geschickt hatte, traf sie sich mit dem für das Waldstück zuständigen Förster am Parkplatz an der Straßenkreuzung Wegscheide.

Ein sympathischer, knapp sechzigjähriger Mann namens Bernd Heidereiter stieg aus seinem Geländewagen. Diana schloss ihr Auto ab und stieg in den Jeep des Försters ein. Sie fuhren einige Kilometer tief in den Wald und durchkreuzten Teilstücke, die ihr vollkommen unbekannt waren, die sie nie und nimmer auf ihrer einsamen Suche durchstreift hatte. Den Weg zurück hätte sie alleine niemals mehr finden können.

„Ihr Bruder ist schon ein seltsamer Kauz", sagte Heidereiter und hielt dabei seinen Blick über das Lenkrad auf das unwegsame Gelände vor sich gerichtet.

Diana zuckte mit den Schultern. „Kann man wohl sagen." Nach einer Pause fragte sie: „Wie oft sind Sie ihm begegnet?"

„Selten. Höchstens vier-, fünfmal. Zwei-, dreimal nahm ich ihn im Wagen mit. Er tat mir leid, als er mit seinem schweren Rucksack auf dem Rücken vom Einkaufen kam und am Straßenrand stand. Wie er den Daumen hochhielt und keiner anhielt, um ihn mitzunehmen. Einmal habe ich ihn zur Post gefahren."

Der letzte Satz versetzte Diana einen Stich in der Magengrube. In ihrer Fantasie blitzte kurz ein Bild auf, wie Florian in der Filiale eine seiner gefährlichen Sendungen aufgab.

„Wissen Sie, was man sich hier im Weschnitztal erzählt?", fragte Heidereiter.

Diana schüttelte den Kopf.

„Ihr Bruder soll immer einen Jutebeutel voll Pflanzensamen mit sich herumgetragen haben. Leute haben ihn dabei beobachtet, wie er hier in den Wäldern und Feldern Samen vergrub."

„Das passt zu ihm."

Diana hatte mit dem Förster vereinbart, dass er sie nur bis in die Nähe von Florians Versteck fahren sollte. Den Rest des Weges wollte sie alleine gehen. Sie wollte sichergehen, dass sie ihren Bruder nicht zu sehr verschreckte – und das täte sie sicher, wenn sie so plötzlich mit Heidereiter im Schlepptau aufkreuzte. Der Förster sollte an einem verabredeten Punkt in der Nähe auf sie warten. Ob sie alleine oder mit ihrem Bruder zurückkommen würde, war völlig offen.

„Ich war schon ziemlich überrascht, als ich eines Tages da oben plötzlich jemanden antraf, der in die Burg eingezogen war", sagte Heidereiter.

Die Förster nannten das verlassene Hochbehälterhaus, das in früheren Zeiten den Wasserversorgungstechnikern als Arbeitsstätte und Unterschlupf gedient hatte, „die Burg". Das hatte Diana bereits Heidereiters E-Mails entnommen. Der Förster hatte Diana vorab Fotos von dem historischen Bauwerk gemailt. Mit seinen dicken Mauern, seinem Türmchen und seinen Zinnen sah es tatsächlich aus wie eine Burg. Eine Innenansicht zeigte, wie düster es in dem Bau war. Durch die kleinen vergitterten Fenster drang kaum Licht von außen ein. Kein Wunder, dass Florian darin vollends durchgedreht war, dachte Diana.

„Ich hätte Ihrem Bruder das ja niemals erlauben dürfen. Das geht eigentlich überhaupt nicht, dass da jemand einfach so, ohne zu fragen, ein leerstehendes Gebäude auf Hessenforstgrundstück bezieht. Aber irgendwie imponierte es mir wohl, als er mir erzählte, dass er für eine Untersuchung der Uni Marburg Naturbeobachtungen durchführe. Ich hätte eigentlich Dokumente verlangen müssen. Irgendein Schreiben von der Uni oder so. Er hätte sich ja auch schon vorher an uns wenden können."

Heidereiter schaltete einen Gang runter und bog in einen sehr schmalen Weg ein.

„Ihr Bruder arbeitet da oben nicht wirklich an einer Studie für die Uni, oder?"

Diana schüttelte den Kopf. „Ich glaube nicht."

„Was macht er dann?"

„Ich vermute, er sucht einfach seine Ruhe."

„So ganz Henry-David-Thoreau-mäßig?"

„Ja, der ist tatsächlich einer seiner Vorbilder."

Das Gelände, das sie inzwischen erreicht hatten, schüttelte den Jeep kräftig durch. Heidereiter ließ sich dadurch nicht beirren. Er schaltete einen weiteren Gang runter und fuhr in gedrosseltem Tempo weiter.

„Es hat ja auch seine Vorteile, dass er dort oben in der Burg lebt. Seit Jahren werfen da Spaziergänger durch die Fenstergitter Sachen rein. Stöcke, Dosen, Verpackungen, Kippen und Schlimmeres. Wir wären die Burg ja gerne los, aber sie steht unter Denkmalschutz. Ihr Bruder hat da drinnen schön sauber ausgeräumt, um Platz für seine Isomatte, seinen Schlafsack und seine sonstigen Utensilien zu schaffen. Wie er allerdings durch die Eisentür reingekommen ist, ist mir ein Rätsel. Ehrlich gesagt, denke ich, dass er das Schloss einfach aufgesprengt hat. Streng genommen war das ein Einbruch. Ich hätte das eigentlich melden müssen. Er behauptete aber, das Schloss sei durchgerostet und die Tür schon vorher offen gewesen. Ihr Bruder hat dann einfach sein eigenes Vorhängeschloss drangehängt."

Heidereiter bremste den Jeep. Als er zum Stillstand kam, stellte er den Motor ab.

„Wir sind angekommen."

Der Förster erklärte Diana noch einmal den Weg, den sie auf den letzten fünfhundert Metern nehmen müsse. Sie nickte und öffnete die Wagentür.

„Lassen Sie Ihr Handy angeschaltet", bat der Förster.

Diana nickte erneut und stieg aus. Bevor sie losmarschierte, beobachtete sie aus den Augenwinkeln noch, wie Heidereiter im Wageninneren sein Frühstück auspackte und zu essen begann.

Mit schweren Schritten stapfte sie durch den Schlamm. Nach wenigen Minuten war sie auf dem Plateau angekommen, von dem aus sie einen Blick auf „die Burg" hatte. Der Bau sah noch düsterer aus als auf den Fotos. Das lag vielleicht an der geschlossenen Wolkendecke, die in diesem Moment über dem Himmel hing und kaum einen Sonnenstrahl durchließ.

In den vergangenen Tagen hatte sich Diana mehrfach in ihrer Fantasie ausgemalt, wie sie langsam und vorsichtig an Florians Behausung herantreten und ihn mit der größten Nettigkeit, zu der ihre Stimme fähig war, grüßen würde. Doch jetzt hielt sie plötzlich irgendetwas davor zurück. Sie zog es vor, besser in ihrem schützenden Versteck im Dickicht zu bleiben und vorerst nur aus der Ferne zu beobachten, was sich in „der Burg" tat.

Sie konnte Florian nicht sehen, wusste aber, dass er in seinem Unterschlupf war. Zuerst hielt sie es für eine Art außersinnlicher Wahrnehmung. Doch dann registrierte sie die Töne, die aus dem Inneren des Baus drangen. Sie mussten schon längere Zeit zu hören gewesen sein. Diana brauchte etwas, um die Geräusche zu interpretieren. Ein Klopfen und Schaben auf Blech. Offensichtlich nahm Florian eine Mahlzeit von einem Campingbesteck zu sich. Und jetzt erst sah sie, dass er direkt vor der geöffneten Tür des Hochbehältergebäudes einen Gaskocher brennen hatte. Auf der Flamme stand ein Topf, in dem etwas vor sich hin brutzelte. Kaum hatte Diana das erkannt, zeichnete sich plötzlich ein Schatten in der Tür ab. Im nächsten Moment sank die dunkle Gestalt herab. Und dann sah sie ihn: Er hockte vor dem Kocher, nahm den Topf herunter und schüttete sich etwas davon heraus in sein Blechgeschirr.

Das schummrige Licht reichte aus, um ihn zu erkennen. Er hatte sich stark verändert. Sein Haar war zu einer zotteligen Mähne gewachsen und im Gesicht trug er einen struppigen Vollbart. Aber es war eindeutig Florian.

Diana hatte ihn gefunden.

Instinktiv änderte sie ihren Plan. Ihn zu sehen genügte. Sie wollte nun nicht mehr auf ihn zugehen, ihn begrüßen und mit ihm sprechen. Sie ahnte, sie könnte ihn niemals dazu bewegen, sich ohne Gegenwehr zu stellen. Sie erhob sich aus ihrer gebückten Haltung und ging mit schnellen Schritten zum Jeep zurück.

12.

„Das sind nur Bäume, verdammte Scheiße!“

Monika Weber erschrak, als sie eine Stimme hinter sich hörte. Sie realisierte jedoch sofort, dass es sich um Dr. Thomas Schäfer handelte. Sie blickte von ihrem Aktenordner auf und antwortete lächelnd mit demselben Satz: „Das sind nur Bäume, verdammte Scheiße!“

Seit Jahren begrüßten sich die beiden Kollegen auf diese spielerische Art. Es war ihr gemeinsamer Insiderwitz.

Monika konnte sich noch gut erinnern, wie sie damit begonnen hatten. Eines Morgens kam Thomas ins Institut und sagte mit Begeisterung in der Stimme: „Meine liebe Monika, unsere Forschungen sind endlich von Erfolg gekrönt. Sie haben das Blockbuster-Kino erreicht!“

Thomas war ein absoluter Nerd. In vielen Dingen, aber ganz besonders in Filmen und Serien. Als sie ihn fragend anschaute, erzählte er ihr von seinem Kinobesuch am Vorabend. Er hatte *Avatar* gesehen und erzählte Monika euphorisch, dass in dem Film eine Wissenschaftlerin vorkomme, die ihn stark an sie erinnere. „Du musst den Film unbedingt sehen!"

Monika war schon seit Jahren nicht mehr im Kino gewesen. Sie interessierte sich nicht für Filme, schaute gelegentlich einen Fernsehkrimi, mehr aber auch nicht. Mit Thomas' Film- und Serienkonsum konnte sie nicht mithalten.

Als Monika nach Wochen immer noch nicht *Avatar* gesehen hatte, spielte Thomas ihr eines Tages ein paar Szenen daraus auf seinem Smartphone vor. Und tatsächlich gefiel ihr das, was sie da sah, obwohl sie Science-Fiction und Fantasy hasste. Ganz besonders beeindruckte sie eine Szene. Sie bat Thomas, ihr davon unbedingt ein Video zu schicken. Es war der Abschnitt, in der Parker Selfridge, einer der Filmbösewichte, Dr. Grace Augustine und ihr Team aus Biologen ermahnte, gefälligst den Befehlen der Armee zu gehorchen und endlich das wissenschaftliche Material zu liefern. Auf dessen Grundlage konnte der Bautrupp mit der Zerstörung der Wälder auf dem Planeten Pandora fortfahren, um weiter den begehrten Rohstoff Unobtainium abzubauen – ohne Rücksicht auf die Ureinwohner, den Na'vi, die mit der Natur tief verbunden waren.

Doch Augustine widersetzte sich den Befehlen, mit Verweis auf die ökologische Besonderheit des Waldes, der ein intelligentes und miteinander verknüpftes System bildete. Sie hielt Selfridge einen Vortrag, in dem sie ihm darlegte, dass zwischen den Wurzeln der

Bäume eine elektrochemische Kommunikation existiere, wie bei Synapsen zwischen Nervenzellen. Jeder Baum habe Zehntausende Verknüpfungen mit anderen Bäumen – mehr als im menschlichen Gehirn. Die Na'vi hätten Zugang zu diesem globalen Netzwerk, aus dem sie Erinnerungen hoch- und runterladen könnten. Das Einzige, was der sichtlich überforderte Selfridge darauf zu antworten wusste, war der Satz: „Das sind nur Bäume, verdammte Scheiße!"

Monika liebte diese Szene. Sie schaute sie sich immer wieder an. Häufig auch mal im Büro während ihrer nervenaufreibenden Arbeit, um sich damit zu entspannen oder aufzubauen. Sie identifizierte sich mit Dr. Grace Augustine, der mutigen Kämpferin für die Pflanzen. In der kurzen Szene sah sie ihre ganze Arbeit der vergangenen Jahre wie in einer Nussschale. Wie Dr. Augustine musste auch sie anderen Menschen immer wieder erklären, dass Pflanzen nicht einfach nur dumme und stumme, bewegungs- und regungslose, vor sich hinvegetierende Gegenstände waren. Sie musste erklären, dass sie dazu fähig waren, wahrzunehmen, zu kommunizieren, Strategien zur Problemlösung zu entwickeln, kurz gesagt, dass sie Intelligenz besaßen. Pflanzen konnten nicht nur sehen und sich damit zum Licht hin ausrichten. Sie konnten auch hören, schmecken, riechen und fühlen. Tabakspflanzen etwa lagerten in ihren Blättern das Nervengift Nikotin ein und wehrten damit Fraßfeinde ab. Um welchen Typ Schädling es sich handelte, der an ihnen herumknabberte – einen Käfer oder eine Raupe – erkannte die Pflanze (sie schmeckte es) am Speichel des Tieres. Sofort erhöhte sie ihre Nikotinkonzentration, bis zu einem Gehalt, der in etwa dem einer Zigarette entsprach. Das Gift lähmte und tötete den Käfer. Handelte es sich jedoch um eine Raupe des Tabakschwärmers, die gegen Nikotin immun war, wendete die Pflanze eine andere, eine kommunikative Methode an: Sobald sie den Speichel der Raupe identifizierte, stieß sie das Hormon Jasmonsäure aus. Deren Duftstoffe lockten eine Wespenart an, die ihre Eier in den Raupen ablegte und damit tötete. Der Hilferuf reichte aber noch viel weiter: Den Duftstoff nahmen auch in der Nachbarschaft wachsende Tabakpflanzen als Warnsignal wahr. Sie stellten daraufhin ihre Biochemie um, um den Schädlingen vorzubeugen.

Wenn auch der Großteil der Menschen nichts davon mitbekam: Pflanzen standen in einem ständigen kommunikativen Austausch. Über Duftstoffe in der Luft, aber auch über das Wurzelwerk im Boden – einem miteinander verknüpften, kollektiv agierenden Geflecht. In Waldböden entdeckten Forscher ein ganzes Netzwerk. Viele Bäume waren über unterirdische Pilzgeflechte verbunden. Über diese Art „Autobahn“ tauschten sie Nährstoffe und Stresssignale aus. Von gut versorgten Bäumen gelangten Nährstoffe zu Bäumen, die an ungünstigen Standorten standen. Ein regelrechtes „Wood Wide Web“. Mit Science-Fiction hatte das nichts zu tun. Es war Realität in jedem Waldboden.

Monika konnte Dr. Augustines Kampf gegen Windmühlen gut nachvollziehen. Auf Menschen des Typs Parker Selfridge traf auch sie ständig. Seit Jahrzehnten forschten sie und ihre Kollegen weltweit an der Intelligenz der Pflanzen. Immer wieder wurden sie dafür belächelt oder verhöhnt und ihre Forschungsergebnisse als Spinnerei oder Esoterik abgetan. Das hatte sich auch nach mehr als hundert Jahren nach Charles Darwins bahnbrechenden Entdeckungen und seiner Wurzelspitzen-Hirn-Hypothese kaum geändert. Nicht ganz unschuldig daran waren Scharlatane wie Cleve Backster, ein ehemaliger CIA-Verhörspezialist, der in den 1960er Jahren Aufmerksamkeit erregte. Nach Pseudo-Experimenten, in denen er unter anderem Pflanzen an einen Lügendetektor anschloss, stellte er die Behauptung auf, Pflanzen könnten Schmerzen fühlen und seien zu außersinnlichen Wahrnehmungen fähig. Auch der 1973 erschienene populärwissenschaftliche Weltbestseller *Das geheime Leben der Pflanzen* sorgte für Rückschläge. Zwei US-Journalisten beschrieben die Pflanzen darin als beseelte, mitfühlende Wesen, von denen manche hellseherische Fähigkeiten besäßen.

Doch in jüngerer Zeit schien sich das Blatt endlich zu wenden. Monikas Forschungen und die ihrer Kollegen wurden mehr und mehr ernstgenommen. Es gab immer häufiger positive Berichte in den Medien.

Die Menschen schienen dem Thema zunehmend aufgeschlossen.

„Meine liebe Monika", sagte Thomas, noch immer über ihre „Scheiß-Bäume"-Begrüßung lächelnd, „rate mal, was mir klarwurde, als ich mir gestern eine alte Folge von *Raumschiff Enterprise* angeschaut habe: Es liegt schlicht und einfach an dem riesengroßen Unterschied in der Lebensgeschwindigkeit, warum der Mensch die Pflanzen nicht als intelligente Lebensform wahrnimmt und akzeptiert. Folgendes passiert in dem Teil: Die *Enterprise* wird von einer extrem schnellen Spezies heimgesucht, deren ganzes Tun und Handeln mit dem bloßen Auge für die menschliche Crew nicht erkennbar und nur als ein seltsames Summen wahrnehmbar ist. Als es schließlich einem Individuum jener außerirdischen Spezies gelingt, Captain Kirk in den Zustand der Hyperbeschleunigung zu versetzen, nimmt er seine humanoiden Bordkameraden plötzlich als ungeheuer langsam und unbeweglich, ja, als vollkommen zurückgeblieben, nahezu dümmlich und total verblödet wahr."

Monika lachte.

Je länger sie mit Thomas zusammenarbeitete, desto mehr musste sie ihre Vorurteile gegen Science-Fiction ablegen und zugeben, dass es den Filmen und Serien, die er schaute, gelang, Theorien aus der Wissenschaft in griffige Bilder zu packen. Viele ihrer Kollegen aus der Pflanzenintelligenzforschung hatten bereits auf den Punkt der Geschwindigkeitsdifferenz aufmerksam gemacht. Aber die *Enterprise*-Folge schien auf prägnante Weise zu verdeutlichen: Wenn Ereignisse so langsam ablaufen, dass sie für das Auge nicht wahrnehmbar waren, verloren sie für den Mensch an Bedeutung. Erst wenn er Zeitrafferaufnahmen von wachsenden oder sich nach der Sonne ausrichtenden Pflanzen sah, nahm er sie als lebendige Wesen wahr. Vorher sah er sie als so tot an wie einen Haufen Steine.

„Und – bist du schon weitergekommen in der Friedwald-Sache?", fragte Thomas.

Monika zuckte mit den Schultern. Sie wusste wirklich keine Antwort.

„Du wirst die Ursache schon noch finden", munterte Thomas sie auf, bevor er sich mit einem Nicken aus ihrem Büro verabschiedete.

Er meinte es gut, aber es war offensichtlich: Sie steckte in einer Sackgasse. Sie war an eine *Warum*-Grenze gestoßen. Das *Wie* hatte sie geklärt. Aber das *Warum* nicht. Die Bäume hatten ihr Wachstum eingestellt. Allen Anschein nach wollten sie nicht mehr.

Aber war es wirklich ein Akt des Wollens? War es eine bewusste Entscheidung der Bäume? Warum wichen sie von ihrem seit Millionen von Jahren ablaufenden, genetischen Programm ab, unbedingt weitergedeihen zu wollen? Pflanzen waren wahre Meister im Überleben und der Anpassung. Mit ihrer Strategie hatten sie den ganzen Planeten erobert. Sie waren die wahren Herrscher der Erde. 99,5 Prozent der Biomasse waren pflanzlichen Ursprungs. Sie hatten einen ungeheuren Ausbreitungswillen, gaben Unmengen von Samen in die Umwelt ab. Im Frühjahr war die Luft erfüllt von unzähligen Pollen. Im Sommer schwebten Heere von Flugsamen durch die Luft. Im Herbst prasselten tonnenweise Kastanien, Eicheln und Bucheckern auf den Waldboden. Pflanzen okkupierten Räume und gaben sie so schnell nicht mehr an andere ab. Es war ein großes Gegeneinander, ein großer Verdrängungswettbewerb. Sicher, es gab zahlreiche Beispiele für Symbiosen zwischen zwei Pflanzenarten. Diese erfolgten aber meist nur, wenn beide Seiten daraus einen Nutzen zogen.

Bei dem Phänomen, mit dem es Monika nun zu tun hatte, schien es allerdings, als hätten sich mehrere Baumarten miteinander verbündet, um gemeinsam zu sterben. Und es waren längst nicht mehr nur die Bäume. Die Krankheit, die mittlerweile schon ganz Mitteleuropa erfasst hatte, war inzwischen auch auf andere Pflanzenarten übergesprungen. Auf Farne, Moose, Gräser, Blumen, Wildkräuter – auch auf Nutzpflanzen. Selbst Samen und Setzlinge gingen nicht mehr an. Die Sache wurde zunehmend bedrohlich. Wenn es so weiterginge, würden bald nicht nur der Sauerstoff, sondern auch die Nahrungsmittel auf der Erde knapp.

Hatten die Pflanzen sich gemeinsam dazu verabredet, ihr Wachstum einzustellen? Ein kollektiver Selbstmord?

Monika traute sich nicht, es laut auszusprechen.

Sie wusste, dass kaum ein Mensch darüber den Kopf schütteln würde, wenn sie Gleiches von Tieren behauptete. Zum Beispiel von Walen oder Delfinen, die massenhaft an Land strandeten und verendeten.

Aber – Pflanzen, die Harakiri begingen?

Das kam ihr selbst unwahrscheinlich vor. Auch wenn sie sich durchaus vorstellen konnte, dass Pflanzen auf ihre Weise intelligenter als Meeressäuger sein konnten.

Aber was war der Auslöser? Der Klimawandel? Die Umweltzerstörung, die immer schlimmere Ausmaße annahm? Raubbau und Flächenfraß? Hatten die Pflanzen genug und wollten nun dem Verursacher des ganzen Schlamassels, dem Menschen, langsam die Luft abdrehen, die Nahrung entziehen und ihm die Lebensgrundlage rauben? Wobei „langsam" nicht das richtige Wort war. Die Krankheit breitete sich schnell aus. Rasend schnell, beängstigend schnell. Es war nur eine Frage der Zeit, bis sie auch andere Kontinente erreichte. Pflanzen mochten langsam leben, sterben konnten sie sehr schnell.

Monika hatte sich neue Erkenntnisse von ihrem Besuch in Michelstadt erhofft. Doch die Untersuchungen in dem Friedwald, von dem alles seinen Ausgang genommen hatte, erbrachten wenig. Sie hatte den Biotop genauestens inspiziert. Doch der Bestattungswald – oder zumindest was davon noch übrig war – hatte keine Hinweise auf irgendwelche Abnormalitäten geliefert. Er zeigte die typischen Merkmale eines intensiv genutzten, naturnahen Wirtschaftswalds.

In einer Hinsicht aber hatte ihr Ausflug in den Odenwald etwas gebracht: Sie hatte ihn wiedergesehen.

Bernd.

Sie war sehr aufgeregt gewesen vor dem Treffen. Ein Wiedersehen nach Jahren war immer ein seltsam aufwühlendes Ereignis.

Der erste Moment ihrer Begegnung war allerdings ziemlich ernüchternd. Nachdem Bernd sie am Eingang des Bestattungswalds mit seinem Chef in Empfang genommen hatte, gab es kaum eine Möglichkeit, ihr Wiedersehen so zu feiern, wie es angemessen gewesen wäre. Bernd fühlte sich von seinem Boss beobachtet und begrüßte sie äußerst distanziert. Monika hatte gehofft, dass sie Bernd alleine begegnen würde. Sie erfuhr erst später von ihm, dass sein Chef es sich nicht habe nehmen lassen wollen, sie, die renommierte Forscherin, persönlich in Empfang zu nehmen. Er habe seinem Boss zwar gesagt, dass er Professorin Weber aus seinem Studium kenne, aber nicht, dass sie beide einmal ein Paar gewesen seien.

In der Sekunde, als sie den Friedwald betraten, nahm sein Chef einen Anruf auf seinem Handy entgegen. Bernd nutzte die Gelegenheit und flüsterte Monika kurz zu, dass später noch genügend Zeit für sie beide bliebe. Das beruhigte sie ein wenig. Die anschließende Inspektion des Geländes zu dritt empfand sie jedoch als sehr verkrampft. Sie schritten das Gelände ab. Sie kniete hier und da auf den Boden nieder, um freiliegendes Wurzelgehölz in Augenschein zu nehmen. Sie ließ Erde durch ihre Finger rieseln.

Nachdem sie alle ihre Fragen gestellt hatte, die die beiden Forstbeamten nach bestem Wissen und Gewissen beantworteten, verabschiedete sich Bernds Chef. Kaum war er weg, umarmte sie Bernd. Endlich konnten sie sich gebührend begrüßen.

„Bernd!"

„Moni!"

Sie lächelten sich an. Ihre früheren Streitigkeiten lagen so lange zurück.

Bernd war um Jahrzehnte gealtert. Und doch konnte Monika hinter dem Gesicht des reifen Mannes noch das des jungen Studenten von damals erkennen.

Schnell kamen sie ins Fragen und Erzählen. Sie hatten viele Jahre nachzuholen und drehten ein paar Runden gemeinsam durch den toten Wald. Als es zu nieseln begann, bot Bernd ihr an, sie im Auto mit nach Darmstadt zu nehmen. Monika war mit dem Zug nach Michelstadt gekommen und mit dem Taxi zum Friedwald gefahren.

„Ich habe sowieso noch in Darmstadt zu tun", sagte Bernd, „und du hättest dann schon die halbe Strecke nach Frankfurt hinter dir."

Unterwegs im Auto ging das Erzählen weiter. Bernd war viele Jahre verheiratet gewesen, aber schon lange geschieden. Er lebte alleine in Michelstadt. Seine beiden Töchter, Lena und Lisa, waren längst erwachsen und studierten in Hamburg und Berlin.

Monika erzählte Bernd, dass sie nie geheiratet hat. Sie war lange Zeit mit einem Professor zusammen gewesen, der die Beziehung vor seiner Familie verheimlichte. Irgendwann war es ihr zu bunt geworden und sie machte Schluss mit ihm. Seitdem hatte sie nur wenige Affären.

„Manchmal lief jahrelang nichts“, sagte sie. „Ich glaube, ich brauche das alles gar nicht mehr.“

Bernd schaute sie ernst an. Sie mussten beide lachen.

In Darmstadt brachte er sie bis zum Hauptbahnhof. Es dauerte jedoch noch fast eine Dreiviertelstunde, bis ihr Zug fuhr. Bernd schlug vor, noch einen Kaffee in der *Klause* zu trinken.

In Erwartung einer heruntergekommenen Bahnhofskneipe trat Monika durch das Tor. Stattdessen entpuppte sich die *Klause* als grüne Oase mitten auf dem verkehrsumbrausten Bahnhofsvorplatz. Die Gäste saßen in einem von Mauern umfassten Garten unter Bäumen, die überraschenderweise noch nicht von der Krankheit erfasst waren. Sie ließen ihr mitgebrachtes Grillgut auf Grills brutzeln. Überall standen Töpfe mit der Aufschrift „Essbare Stadt“, in denen Kräuter wucherten, von denen sie sich bedienten.

„Das ist ja hier fast wie in Berlin“, sagte Monika begeistert.

Bernd lächelte ihr über den Rand eines Flugblatts zu, das er in seinen Händen hielt und das die Waldkrankheit in fetten Schlagworten mit dem Klimawandel erklärte. Er ließ es zurück auf die Tischplatte sinken, nahm einen Schluck von seinem Kaffee, während Monika Gleiches von ihrem Tee tat.

„Seltsam, dass die Bäume hier noch völlig okay sind", sagte Monika.

Bernd blickte sich um und nickte still. Monika ging plötzlich auf, dass es genau das gewesen war, was sie in ihrer kurzen gemeinsamen glücklichen Zeit an Bernd am meisten geschätzt hatte: Dass sie mit ihm schweigend zusammensitzen konnte, ohne das Gefühl zu haben, dass irgendetwas Unangenehmes zwischen ihnen stand.

Bernd schaute auf seine Armbanduhr und sagte: „Ich glaube, wir müssen langsam los."

Er brachte sie bis an den Bahnsteig und wartete, bis sie im Zug saß. Sie winkten sich zum Abschied lange nach.

Monika schrak aus ihren Erinnerungen auf und widmete sich wieder ihrer Akte, die sie vor sich auf dem Schreibtisch liegen hatte. Es handelte sich um die Kopien des Abschlussberichts der Universität Freiburg über die Untersuchungen zur möglichen Verlagerung von Schwermetallen aus der Kremationsasche in die darunterliegenden Bodenschichten im Friedwald.

Nachdenklich blätterte sie noch einmal zurück. Erneut stach ihr eine kleine Aktennotiz ins Auge. Sie war ihr schon beim ersten Mal aufgefallen, als sie die

Unterlagen geprüft hatte. Die Notiz bezog sich auf die Auswahl der Bestattungsbäume, an denen der Sachverständige Bodenproben an Urnenstellen entnehmen wollte. Die Geschäftsführerin des Friedwalds war mit seiner ersten Auswahl nicht einverstanden und lehnte einen der darin vorgeschlagenen Bäume ab. Daraufhin wählte der Sachverständige einen anderen aus, den die Geschäftsführerin schließlich akzeptierte.

Warum wollte sie nicht, dass er diesen einen Baum untersuchte?

War es das vielleicht: War das die von Monika händeringend gesuchte Abweichung? Die Unregelmäßigkeit, auf die sie gehofft hatte? Die Störung im System, die dessen Nicht-Funktionieren erklärte? Eröffnete ihr das womöglich einen Weg zu einer Erklärung für die Krankheit?

Was hatte es mit Baum 202202 auf sich?

Sie suchte auf den Friedwald-Seiten im Internet nach einer E-Mail-Adresse der Geschäftsführerin Silvia Sörries, konnte aber keine finden. Sie schrieb eine E-Mail an Bernd, um ihn zu fragen, ob er vielleicht wisse, wie man mit ihr in Kontakt treten könne.

13.

Diana wusste nun, wo ihr Bruder untergetaucht war. Dafür, dass er hinter der *Greenhood*-Mordserie stand, fehlte ihr aber noch der letzte Beweis. Florians Vorliebe für die Orchideen-Gattung Pterostylis alleine genügte noch nicht. Sie nahm sich vor, sobald sie das gesamte Puzzle zusammenhätte, der Polizei zu melden, wo er sich aufhielt.

Nach den letzten Puzzleteilen musste sie gar nicht mehr suchen. Ihr Bruder fügte sie selbst ein. Denn wenige Tage, nachdem sie Florian im Wald gesehen hatte, hörte sie in den Nachrichten, dass *Spiegel Online* ein Manifest des *Greenhood*-Terroristen veröffentlicht habe. Es gab heftige Diskussionen darüber, warum das Nachrichtenportal dem Serienmörder eine solche Plattform bot. Scheibchenweise kam heraus, dass der Täter dem *Spiegel*-Verlag sein Manifest gemailt und mit dem Angebot verknüpft hatte, seine Attentate zu beenden, falls es veröffentlicht würde. Nach Rücksprache mit der Staatsanwaltschaft und dem BKA entschied sich der Verlag schließlich zu diesem Schritt.

Diana ging sofort online. Nach ein paar Klicks hatte sie den Text auf ihrem Bildschirm. Der Titel des Manifests lautete *Regain Paradise!*

In dem Machwerk erkannte Diana beinahe jeden der Sätze wieder. Florian hatte sie – wortwörtlich, leicht variiert oder sinngemäß – an den langen Abenden in seiner Studentenbude geäußert, wenn sie ihn in Marburg besuchte.

Sie stand von ihrem Sofa auf, griff nach ihrem Handy und wählte die Nummer der Polizei.

14.

Regain Paradise!

Es gab eine Welt ohne den Menschen. Es wird eine Welt ohne den Menschen geben.

Bevor der Mensch auf der Erde erschien, hatte das Leben dort bereits seit rund vier Milliarden Jahren existiert. Es müssen paradiesische Zustände gewesen sein. Das Wasser und die Luft waren sauber und rein. Pflanzen und Tiere lebten in ungestörter Koexistenz. Es war eine friedliche Welt. Krieg, Zerstörung und Ausrottung sind allein das Handwerk des Menschen. Töten, um Nahrung aufzunehmen, ist kein Krieg, es ist ein notwendiger Akt, um weiterleben zu können.

Die Erde hätte gut noch weitere Milliarden Jahre so weiterbestehen können. Sie war in einem Gleichgewicht, das auf einem großen Geben und Nehmen gründete. Ökologie und Nachhaltigkeit sind nichts, was Pflanzen und Tiere erst erlernen, sich zum Ziel nehmen müssen. Es ist ihnen, anders als dem Menschen, von Natur aus gegeben.

Der Mensch jedoch ist ein Irrläufer der Evolution. Er vernichtet in seinem unaufhaltsamen Ausbreitungswillen das Leben auf der Erde. Niemals gab es vor dem Auftauchen des Menschen ein Lebewesen, das exploitativ andere Arten vernichtete. Wo der Mensch auftritt, wächst nichts mehr. Er greift in Ökosysteme ein, zerstört sie. Er rodet Wälder, begradigt Flüsse, leitet Gifte in Böden, Luft und Wasser, er überzieht einst lebendige Flächen mit totem Material, mit Beton und Teer, stößt Gase aus, die das Klima schädigen.

Leichtgläubige meinen, ein Leben im Gleichgewicht auf der Erde sei auch mit dem Menschen möglich. Eine „grüne Wende" sei machbar. Aber die Menschheitsgeschichte lehrt uns seit mindestens hundertfünfzig Jahren, seit Beginn der sogenannten Industriellen Revolution, nur eines: Jede neue Erfindung des Menschen führt weiter in Richtung Zerstörung.

Das Aus- und Artensterben kann nur ein Ende finden, wenn der Mensch von der Erde verschwindet. Wem diese Wahrheit heute zu hart klingt, wird morgen lernen müssen, dass sie eine Tatsache ist.

Die Schöpfung leidet an Erschöpfung. Schuld ist der Vernichter Mensch. Beginnen wir mit dessen Vernichtung. Starten wir das große Programm der Erneuerung.

Regain Paradise!

Fangen wir an, nicht mehr um den Tod eines jeden Menschen zu trauern. Machen wir jedes Begräbnis zu einer Party. Beginnen wir umgehend mit Planungen, wie es am humansten sein könnte, wie wir uns alle von der Erde und aus dem Leben verabschieden können. Wir müssen nicht gleich einen neuen Weltkrieg beginnen, wenn dies auch eine der schnellsten und saubersten Lösungen wäre. Ein geordneter Rückzug ist auch möglich.

Ein sofortiger weltweiter totaler Geburtenstopp wäre ein erster Schritt, kann aber nur ein Anfang sein. Als weitere Schritte sollten folgen: sofortige Beendigung aller lebenserhaltenden und lebensverlängernden Maßnahmen in Kliniken und Altersheimen sowie ein Recht auf Sterbehilfe. Suizide sollten nicht mehr geächtet, sondern geehrt werden.

Dann könnte schon in wenigen Generationen der Mensch von der Erde verschwunden sein. Das Paradies wäre neu errichtet und die Natur könnte endlich wieder befreit aufatmen.

Es gab eine Welt ohne den Menschen. Es wird eine Welt ohne den Menschen geben.

– Gezeichnet: Greenhood –

15.

Silvia Sörries saß auf ihrer Picknickdecke und ließ ihr Gesicht von der Spätsommersonne bescheinen.

Sie blickte auf die Bühne. Dort spielte eine junge Band aus den USA. Ihr patschulisüßer, kalifornien-sonniger Harmoniegesang erinnerte sie an *Crosby, Stills, Nash & Young*. Wo kamen bloß all diese jungen Bands her, die die good vibes von früher draufhatten? Silvia ließ die positiven Wellen auf ihren Körper einwirken. In den letzten Tagen hatte sie genug bad vibes gespürt.

Das *Golden Leaves Festival* im Park des Jagdschloss Kranichstein in Darmstadt war Silvias letztes Festival für diesen Sommer. Sie war alleine da und genoss es, still abzuhängen und ihre Gedanken kreisen zu lassen. Sprachen sie Besucher auf der Festivalwiese oder vor den Essensständen an oder gaben ihr andere Signale von Kontaktbereitschaft, nutzte sie jede dieser Gelegenheiten für einen Smalltalk. Sie vertiefte jedoch keines der Gespräche, wollte nicht, konnte zurzeit auch nicht.

Mit Max hatte sie Schluss gemacht. Konnte man das so sagen? Hatte sie überhaupt mit ihm angefangen? Eigentlich war da nur diese eine Nacht gewesen. Inzwischen wünschte Silvia, auch sie hätte es nie gegeben.

Nach dem *Sound Of The Forest* blieb sie mit ihm über Facebook und WhatsApp in Kontakt. Ein paarmal hatten sie auch miteinander telefoniert. Einmal hatten sie sich sogar getroffen. Er hatte sie zu einem Wochenende auf einem alten Bauernhof im tiefsten Odenwald eingeladen.

„Er gehört guten Freunden von mir", hatte Max am Telefon gesagt. „Wirst schon sehen, das sind echt coole Typen."

Schon wenige Minuten nach der Ankunft wäre Silvia am liebsten wieder abgereist. Sie fühlte sich sofort fehl am Platz. Es lag nicht daran, dass Max' Freunde um Jahrzehnte jünger waren als sie. Es lag etwas in der Luft, das ihr überhaupt nicht gefiel. Dabei waren der alte, verwunschene Bauernhof und das idyllisch gelegene, riesige Grundstück ganz nach ihrem Geschmack. All das erinnerte sie an die urige Bauernkate, in der Gert und Claudia in den 70ern und 80ern gelebt hatten. Das herzensgute Hippiepärchen wohnte mit seinen vier Kindern in dem Fachwerkhäuschen. Die Erzeugnisse aus dem zu einem Cannabisgewächshaus umfunktionierten Hühnerstall vertickte Silvia damals im gesamten Rhein-Main-Neckar-Dreieck. Nachdem Claudia und Gert ihren Hof aufgegeben hatten und nach La Gomera ausgewandert waren, verlor Silvia den Kontakt.

Der Hof des mit Max befreundeten Paars strahlte zunächst eine vergleichbare Aura aus. Silvia merkte jedoch schnell, dass hier einiges anders lief. Paul und Lisa, die Gastgeber, wirkten auf den ersten Blick tatsächlich wie Hippies. Paul hatte zwar kurze Haare, trug jedoch einen langen Vollbart, der Silvia an die Musiker von ZZ Top erinnerte. Auf seiner Nase saß zudem eine dickrandige Nerdbrille à la Allen Ginsberg. Aber schon beim ersten Blick auf die Bilder an den Wänden fielen Silvia einige Ungereimtheiten auf. Auf einem der Poster war ein Symbol zu sehen, das aus der Ferne an ein indisches Ornament erinnerte. Als Silvia genauer hinschaute, erkannte sie, dass es sich um ein Schwarze Sonne handelte – einem Radkreuz aus zwölf gespiegelten Siegrunen oder auch drei übereinander liegenden Hakenkreuzen. Volker hatte ihr einmal die Bedeutung des NS-Symbols erklärt, nachdem er sie dabei ertappt hatte, wie sie es gedankenversunken auf einen Zettel gekritzelt hatte. Sie fand das Zeichen schön, sie hatte es tags zuvor beim Baden in der Grube Prinz von Hessen auf den nackten Oberarm eines Mannes eintätowiert gesehen. Volker klärte sie jedoch schnellstens auf: Neonazis, sagte er, verwendeten die Schwarze Sonne gerne als Ersatz für das verbotene Hakenkreuz. Im Netz zeigte er ihr ein prominentes architektonisches Beispiel: das Ornament im Marmorboden des ehemaligen SS-Obergruppenführersaals der Wewelsburg, eingesetzt von Zwangsarbeitern.

Vielleicht hätte Silvia da schon gleich wieder gehen sollen. Oder auch später, als sie im Regal eine auffällig große Zahl an Büchern von Ernst Jünger entdeckte. Spätestens aber, als ihr Paul während der Führung über das Bauernhofgelände voller Stolz den Schießstand hinter der Bauernkate zeigte.

„Schießt ihr hier mit richtigen Waffen?“, fragte sie ihn.

„Meistens ja. Gell, Max?“, sagte Paul und grinste seinen Freund an.

Sie gingen wieder hinein ins Haus und setzten sich gemeinsam an den Tisch im Esszimmer. Zum Essen servierten Paul und Lisa ein veganes Mahl.

„Max sagte, du bist Veganerin?“, fragte Lisa.

„Vegetarierin“, korrigierte Silvia. „Ich bin aber dabei, die Milchprodukte zu reduzieren.“

„Max erzählte, du arbeitest im Friedwald. Wie ist es da so?“, fragte Paul.

„Eigentlich sehr schön. Aber zurzeit bin ich freigestellt.“

Lisa und Paul blickten sie fragend an.

„Es gibt da zurzeit kaum noch Bäume“, erklärte Silvia leise.

„Ja, eine Schande. Hier ist das auch längst überall so“, sagte Paul.

„Du musst wissen, Silvia“, schaltete sich Max ein, „Paul ist ein leidenschaftlicher Hobbybotaniker. Er liebt alte Bäume. Es gibt Leute, die wollen ihn sogar schon beim Anbeten von Donareichen gesehen haben." Max zwinkerte seinem Freund zu.

Paul blickte Silvia eindringlich an und fragte: „Hast du eine Erklärung für die seltsame Krankheit da draußen?"

Silvia schüttelte den Kopf. „Vielleicht ist es der Klimawandel."

„Nein. Das glaube ich nicht", sagte Paul. „Klimaveränderungen gab es schon immer, auch schon bevor der Mensch da war. Zum Beispiel, als die Dinosaurier ausstarben. Oder auch zur Eiszeit."

Er schaute Silvia in die Augen, als ob er eine Antwort erwartete.

Sie schwieg. Silvia hatte keine Lust, über das Thema zu diskutieren. Sie hatte es schon häufiger mit Menschen versucht, die der gleichen Ansicht wie Paul waren. Es hatte keinen Zweck. Stattdessen begann Silvia bereits heimlich, still und leise über eine Strategie nachzudenken, wie sie möglichst schnell und unbeschadet wieder aus diesem Haus herauskam. Was in drei Teufels Namen hatte sie bloß dazu veranlasst, Max' Einladung anzunehmen?

„Ich denke, die Erklärung liegt ganz woanders", fuhr Paul fort. „In einem Blog las ich neulich, dass die wahre Ursache invasive Arten sein könnten, sogenannte Neophyten und Neozoen. Also Pflanzen und Tiere, die aus anderen Teilen der Welt eingeschleppt werden und sich dann hier in unserer Heimat massenhaft ausbreiten. Biologen sehen darin eines der drängendsten Probleme für die Zukunft unserer Fauna und Flora. Die Zahl der Schädlinge, mit denen es der deutsche Wald heute zu tun hat, ist rasant gestiegen. Es ist nicht mehr nur der Borkenkäfer, der unseren Bäumen zusetzt. Es gibt inzwischen jede Menge an Getier und Gewächs, die auf unserer heimischen Scholle nichts zu suchen haben."

Paul vergewisserte sich mit einem kurzen Blick, ob Silvia ihm noch zuhörte, und fuhr dann mit seinem Vortrag fort: „Ein bekanntes Beispiel ist der Riesen-Bärenklau: ein großes, weißblühendes Krautgewächs, nicht zu verwechseln mit unserem heimischen Wald-Engelwurz. Der Riesen-Bärenklau wurde vor Jahren aus dem Kaukasus hierher eingeschleppt. Er breitet sich mittlerweile in fast ganz Europa aus und verdrängt heimische Pflanzen. Das Kraut ist megagiftig. Wenn du es berührst, bekommst du davon üble Ausschläge, Bläschen und Quaddeln. Es gibt noch viele weitere Beispiele. In Amerika verdirbt das aus Europa eingeschleppte Jakobskreuzkraut den Imkern inzwischen die Honigernte, weil in dem Kraut natürliche Gifte drin sind. Sie landen über die Bienen in den Waben. In Australien haben die aus Europa eingeschleppten Säugetiere wie der Fuchs bereits die Beuteltiere vertrieben. In Neuseeland gibt es heute fast genauso viele invasive wie native Arten. Das ist ein Riesenproblem. So ist das immer, wenn Rassen ihre angestammte Heimat verlassen. Wie bei den Menschen: Globalisierung und Migration bringen alles durcheinander."

Silvia schwieg. Sie stocherte in dem Essen auf ihrem Teller herum. Typisch. Paul verdrehte Ursache und Wirkung. Klar, die Zahl der Schädlinge hatte zugenommen. Aber ohne den Stress durch den Klimawandel könnten die Bäume sich viel besser gegen sie wehren. Darüber hatte sie mit den Förstern häufig diskutiert.

Sie schob ihren Teller, noch halbvoll, zur Seite. „Wo schläfst du eigentlich heute Abend", fragte sie Max.

Max wirkte irritiert über den Themenwechsel. „Wieso? Im Gästezimmer, nehme ich an. Wie immer, wenn ich hier bin. Paul und Lisa haben massig viel Platz."

„Zeigst du es mir mal?"

„Okay, klar doch", sagte Max und blickte Silvia fragend an.

Paul und Lisa verfolgten still ihren Dialog. Vermutlich deuteten sie Silvias Bitte genau richtig: als Ablenkungsmanöver, um sich kurz mit Max zurückziehen zu können.

Als Max und Silvia alleine im Gästezimmer waren, fragte er: „Was ist los? Sie sind so nett zu dir und du sprichst kaum mit ihnen!"

Silvia ging nicht darauf ein. „Ich rufe mir ein Taxi", sagte sie bloß und hielt schon ihr Handy in der Hand.

„Bist du übergeschnappt? Ich dachte, du schläfst heute Nacht hier!"

Max gelang es nicht, sie aufzuhalten. Im Taxi, auf der Fahrt nach Hause, war Silvia froh, rechtzeitig die Reißleine gezogen zu haben – spät, aber noch früh genug. Sie hätte keine Minute länger in diesem Haus bleiben wollen. Sie war sich sicher, dass der Abend in einem Desaster geendet hätte. Noch im Taxi blockierte sie auf ihrem Handy sämtliche Kanäle, über die Max sie erreichen konnte: seine Telefonnummer, seinen WhatsApp-Kontakt, sie löschte ihn aus ihrer Freundesliste auf Facebook.

Zu Hause suchte Silvia sofort im Internet nach Informationen über Paul Hess. Den Nachnamen ihres Gastgebers hatte sie am Briefkasten am Eingang des Bauernhofs gelesen. Auf einer Antifa-Seite wurde sie fündig. Sein Bauernhof, der Wewelshof, von Insidern auch „Wewelsburg" genannt, war ein beliebter Treffpunkt von Rechtsextremen. Hess war ein völkischer Siedler mit Kontakten zur identitären Bewegung. In der „national befreiten Zone" Wewelshof fanden regelmäßig Nazitreffen statt. Erntedank- und Sonnenwendfeiern sowie Zeltlager, bei denen die Teilnehmer das Schießen übten, und Referenten aus dem rechten Lager von Germanenkult oder einem künftigen Umsturz schwadronierten.

Silvia ärgerte sich darüber, wie blind sie gewesen war. Klar, sie hatte schon auf dem *Sound Of The Forest* verdächtige Anzeichen bei Max entdeckt. Aber warum hatte sie trotzdem diese vermaledeite Nacht mit ihm verbracht und selbst danach noch weiter Kontakt zu ihm gehalten, obwohl jedes Telefonat ein schlechtes Gefühl in ihr hinterließ?

Nun gut, ihre Verbindungen waren jetzt gekappt.

Einige Tage lang wiegte sich Silvia in Sicherheit. Sie ging davon aus, dass nun alles vorbei sei und Max sie in Ruhe lasse. Doch dann erhielt sie plötzlich eine WhatsApp-Nachricht von Aron, einem von Max' Freunden, mit denen er auf dem *Sound Of The Forest* war. Es war der Junge, der in der ersten Nacht die ganze Zeit so innig mit seiner Freundin geknutscht hatte. Max hatte Silvia erzählt, dass es sich bei den Kumpels, mit denen er am Marbachstausee war, größtenteils um seine ehemalige Clique aus der Schulzeit gehandelt habe. Während des Festivals habe er jedoch bemerkt, wie sehr sie sich auseinandergelebt hätten. Besonders Aron sei Max negativ aufgefallen. Er habe sich in eine „richtige rote Zecke" verwandelt. Doch gerade Aron war Silvia besonders sympathisch. Deshalb hatten sie auch ihre Handynummern ausgetauscht.

Während Silvia Arons Nachricht las, schlug ihr Herz bis in den Hals. „Sorry, Silvia", schrieb er. „Schau dir mal an, was Max da auf Facebook treibt." Darunter hatte Aron einen Screenshot eines offensichtlich nur für Max' Freunde einsehbaren Posts angefügt. Darauf waren Fotos zu sehen von einem als „Mahnwache" titulierten Naziaufmarsch vor dem Friedwald Michelstadt. Teilnehmer schwenkten Reichkriegsflaggen und Fahnen mit dem Symbol der Identitären Bewegung.

„Danke an Silvia! ;-)", lautete der Eintrag von Max darunter. Eine Person kommentierte das mit: *„Ist das die Hippie-Trulla, die du auf dem Sound Of The Forest ge***** hast?"* Was wiederum Paul Hess kommentierte mit: *„Silvia haben wir zu verdanken, dass wir jetzt Kenntnis davon haben, wo #Klimaterrorist #Greenhood #Florian Keller seine letzte Ruhestätte hat."*

Es war eklig, es war schmuddelig. Mit Tränen in den Augen und rasendem Puls besuchte Silvia schnell weitere Facebookseiten und anschließend Nachrichtenportale im World Wide Web, um sich zu vergewissern, dass die Posts auf Max' Facebook-Account nicht Fake News waren. Sie stimmten. Es hatte den Naziaufmarsch tatsächlich gegeben. Vor gerade einmal zwanzig Stunden. Und Silvia hatte davon nichts mitbekommen.

Die Empörung über die Mahnwache war riesig. Ein Großaufgebot an Polizisten musste sie gegen zahlreiche Gegendemonstranten abschirmen. Es gab viele Spekulationen darüber, warum die Rechtsextremen ausgerechnet Florian Keller als „einen der Ihren" auserkoren. Einige Kommentatoren schrieben, es wäre besser gewesen, wenn niemals herausgekommen wäre, wo Keller beerdigt sei. Sein Grab drohe nun, zu einer „Pilgerstätte von Extremisten jeglicher Couleur" zu werden. In einer kurzen Stellungnahme, die in mehreren Artikeln zitiert wurde, kritisierte das Friedwald-Unternehmen die Störung der Totenruhe und die Missachtung des Rechts auf ein anonymes

Grab. Der letzte Wunsch des Verstorbenen und seiner Angehörigen sei mit „Füßen getreten worden". Sofort wurde Silvia bewusst, dass ihr noch weiterer Ärger bevorstand. Es dauerte nur wenige Minuten und sie bekam tatsächlich einen Anruf aus der Chefetage des Friedwald-Unternehmens. Sie drückte ihn weg.

Sie wischte sich die Tränen aus den Augen, belud ihren VW Bulli und machte sich auf zum *Golden Leaves*. Dieses Festival wollte sie noch mitnehmen. Danach würde ihr noch genügend Zeit bleiben, der Welt zu erklären, wie es zu ihrem Riesenfehler gekommen war.

Silvia schreckte aus ihren Erinnerungen auf. Die Band aus den USA hatte ihren Auftritt beendet. Der Gig hatte ihr ausgesprochen gut gefallen. Sie schaute sich während der Umbaupause auf der Festivalwiese um. Sie fühlte sich wohl unter den Leuten. Alle wirkten ausgesprochen nett und freundlich. Sie atmete tief durch, spürte eine tiefe Verbundenheit. So etwas brauchte sie nach den miesen Erfahrungen zuletzt.

Es war ein Hohn, dass Max seine Freunde mit Hippies verglich. Hippies, zumindest diejenigen, mit denen Silvia es zu tun hatte, tickten völlig anders. Auf Demos hatten Volker und sie früher „Hoch die internationale Solidarität!" skandiert, gerne auch gesungen: „Wacht auf, Verdammte dieser Erde!" Ihre Generation trampte durch Afghanistan Richtung Indien oder auch via Spanien nach Marokko, schaute wütend auf die Unterdrückung in Tibet, Nicaragua und Südafrika. Lauthals sang Silvia, wenn sie das Musical *Hair* hörte, mit: „Black boys are delicious." Sie liebte die schwarze Musik von Jimi Hendrix, James Brown und Marvin Gaye. Und Volker liebte sowieso seinen Reggae-Kram. Okay – es gab den irren Charles Manson mit seinem bescheuerten Hakenkreuz auf der Stirn. Aber Verrückte gab es immer und überall.

„Es ist eine Schande", hörte Silvia eine junge Frau auf der Picknickdecke neben ihr zu einer anderen Festivalbesucherin sagen. Die Frau zeigte auf den Waldrand, der die Festivalwiese säumte. „Die ganze Atmosphäre ist futsch. Wie war das in den letzten Jahren so schön, als hier überall prächtige Bäume standen."

Silvia hatte gehofft, für zwei Tage die Augen verschließen und alles vergessen zu können. Aber das war nicht möglich. Der Schrecken machte auch vor dieser Idylle nicht halt.

Sie checkte ihr Handy. Sie hatte eine Nachricht von Bernd Heidereiter erhalten.

„Wir sollten uns dringend treffen", schrieb er.

Sie hatte den sympathischen Förster in der Fußgängerzone von Michelstadt wenige Tage nach der Schließung des Friedwalds wiedergetroffen. Er grüßte sie freundlich und sagte, es täte ihm schrecklich leid, wie sich die Dinge entwickelt hätten. Sie tranken zusammen einen Kaffee im Café Leyhausen am Marktplatz und tauschten ihre Handynummern aus.

Nun gut, die Zeit war gekommen, dass Silvia aus ihrem Wochenendtraum aufwachte. Vor den Friedwaldchefs wollte sie erst einmal mit Bernd sprechen.

„Morgen, 11 Uhr in unserem Café?", schrieb sie ihm zurück.

Bernds Antwort ließ nicht lange auf sich warten.

„Passt! Ist es okay, wenn Prof. Dr. Monika Weber mitkommt?"

Silvia antwortete mit einem Fragezeichen.

Bernd erklärte: „Eine renommierte Botanikerin."

„Okay. Bis morgen!"

16.

Diana wäre der Gerichtsverhandlung am liebsten ferngeblieben.

Doch sie war eine der Hauptzeuginnen, ihre Aussagen besaßen Gewicht. Und schließlich hatte sie mit ihrer Anzeige das Ganze ins Rollen gebracht.

Zuerst hatte sie sich vorgenommen, Florian frühestens im Gerichtssaal wiederzusehen und ihn auf keinen Fall in seiner Untersuchungshaft zu besuchen. Sie war davon überzeugt gewesen, einer Begegnung mit ihm im Gefängnis nicht gewachsen zu sein. Doch allmählich war ihr aufgegangen, dass alles noch viel schlimmer würde, wenn sie gegen ihn aussagen müsse, ohne sich vorher mit ihm ausgesprochen zu haben.

Ihr Besuch in der Justizvollzugsanstalt Frankfurt-Preungesheim lief anders als erwartet. Sie hatte sich vorher unterschiedliche Reaktionen Florians ausgemalt. In einem ihrer Gedankenspiele wies er sie ab. In einem anderen überschüttete er sie mit Vorhaltungen und schlug seinen notorischen Weltuntergangspredigerton an. Doch als sie schließlich ihrem Bruder im Besuchsraum gegenübersaß, von Polizisten streng bewacht, wirkte er viel weniger angriffslustig als noch bei ihren letzten Besuchen in seiner Marburger Studentenbude.

Florian gab sich äußerst redselig. Diana musste sich erst gar keine Gedanken darüber machen, wie sie das Gespräch am Laufen halten sollte. Sie hatte befürchtet, dass es nur stockend verliefe und sie kaum ein Wort herausbekäme.

Florian sprach mit überraschend sanfter Stimme. Keine Spur eines vorwurfsvollen Tons schwang mit, obwohl sie ihn doch verraten hatte. Er klammerte die ganze Sache mit der Anzeige einfach aus. Auch predigte er keine Weltuntergansszenarien. Er kam zu Dianas Überraschung ohne Umschweife auf ihre Eltern zu sprechen.

„Wie verkraften Mama und Papa die ganze Sache?"

Diana musste nicht lange überlegen.

„Schlecht."

Sie erzählte ihm von den Journalisten, die das Haus ihrer Eltern wie Paparazzi belagerten, Fotos aus dem Hinterhalt schossen und ihnen Fangfragen entgegenschleuderten, wenn sie einmal ihre Wohnung verließen. Sie verriet Florian, dass Vater und Mutter sich endgültig von ihm losgesagt hätten, ihn auf keinen Fall in der Untersuchungshaft besuchen wollten und dass er sie wahrscheinlich erst im Gerichtssaal wiedersehen werde.

Florian nickte still. Nach einem längeren Schweigen fragte er: „Und wie kommst du so zurecht?"

Als Diana ihm von ihren Gewissensbissen erzählen wollte, die ihr der Verrat bereitete, unterbrach er sie. „Ich meine, wie du zurzeit in deinem Alltag zurechtkommst. In deinem Job, mit deinen Freunden und Freundinnen und so."

Sie zuckte mit den Schultern.

„Was macht denn eigentlich Sarah?", frage Florian plötzlich und hatte wieder dieses bekloppte schiefe Grinsen.

Diana war überrascht. Ihr Privatleben und ihr Freundeskreis hatten Florian noch nie interessiert. Spielte er mit ihr ein perfides Spiel? Das war ihm zuzutrauen. Oder waren seine Versuche, ganz gewöhnlichen, bürgerlichen Smalltalk zu führen, ein Anzeichen dafür, dass er seinen Kampf aufgegeben oder angesichts seiner Verurteilung resigniert hatte?

„Sarah geht's gut", sagte Diana. „Sie hat einen neuen Job."

Florian rieb sich lange schweigend die Augen. Es sah aus, als wollte er sich mit einer Massage seiner Lider die wirren Gedanken in seinem Hirn dahinter zurechtrücken.

Nach dem Ende der Besuchszeit, als Diana längst wieder in der U-Bahn Richtung Nordend saß, fiel ihr auf, über wie viel Belangloses sie miteinander gesprochen und wie viele Dinge sie unerwähnt gelassen hatten. Sie hätte ihm und er hätte ihr noch so vieles erklären müssen.

Zu Hause in ihrer Wohnung blätterte Diana in der Kopie von Florians Tagebuch. Überraschend hatte die Staatsanwaltschaft ihr eines Tages die Abschrift zukommen lassen. Die Behörden versprachen sich von ihr neue Erkenntnisse, wenn sie sein Geschreibsel einmal durchlesen würde.

Florians wenige Habseligkeiten aus seiner Studentenbude in Marburg und „der Burg“ am Weschnitztal hatte die Polizei nach seiner Verhaftung konfisziert. Die Ermittlungsbehörden waren immer noch dabei, alles zu durchforsten. Die Festplatte seines Laptops, seinen E-Mail-Verkehr und seine Handyverbindungen. Sie blätterten durch seine Botanikbücher, prüften seine Anstreichungen und Randbemerkungen, die er mit Bleistift auf den Seiten hinterlassen hatte, klopften sie auf geheime Botschaften ab. Sie drehten jeden einzelnen von ihm beschriebenen Zettel um, den sie finden konnten.

Florians Kladde war nicht wirklich ein Tagebuch. Es war ein Wirrwarr aus hingekritzelten Gedanken. Darunter seine Vorentwürfe und die Endfassung des *Greenhood*-Manifests, handschriftlich verfasst mit schwarzer Tinte. In „der Burg“ war Florian auf Füller und Papier ausgewichen, weil er dort keinen Stromanschluss hatte und er den Akku seines Notebooks, den er, wie Diana erfuhr, während seiner gelegentlichen Besuche im Dorf in einem Café auflud, nicht unnötig strapazieren wollte.

Die meisten Texte fand Diana unerträglich. Doch es befanden sich auch ein paar von ihm verfasste Geschichten darunter, die sie durchaus gerne las. Märchen, Fantasy, Science-Fiction. In ihnen entdeckte sie einen anderen Florian – einen zarten, mitfühlenden Menschen. In ihnen begegnete ihr ihr Bruder, wie er hätte sein können, wenn ihn das Leben weniger hätte verbittern lassen.

Eine Reihe von Texten schienen Exzerpte aus Botanikbüchern zu sein. Florian schien eine Sammlung von ungewöhnlichen Fähigkeiten von Pflanzen angelegt zu haben. Details zu ihrer Anpassungsfähigkeit, ihrem Überlebenswillen, ihrer Intelligenz. Handelte es sich hierbei um Planungen für eine Hausarbeit oder gar seine Bachelorarbeit? Diana rief Florians ehemaligen WG-Mitbewohner an, um ihn danach zu fragen. Der wusste es nicht. Er wirkte verängstigt, wollte mit Diana nicht weiter über Florian reden und legte schnell den Hörer auf.

Einiges kam Diana bereits bekannt vor. Etwa die Sache mit der unglaublich großen Biomasse, die die Pflanzen auf der Erde einnahmen. Auch die *Greenhood*-Orchidee tauchte auf einer der Seiten auf. Doch vieles andere war Diana völlig neu.

Etwa die Geschichte darüber, dass es im Jahre 2005 Forschern in Israel gelungen war, einen zweitausend Jahre alten Samen einer Dattelpalme zum Keimen zu bringen, der 1963 bei Ausgrabungen im antiken Masada gefunden worden war. Sie gaben der Palme den Namen Methuselah. Sieben Jahre später brachten Wissenschaftler in Russland einen Samen zum Wachsen, der sogar dreißigtausend Jahre im sibirischen Permafrost geschlummert hatte.

Zeit schien für Pflanzen überhaupt keine Rolle zu spielen. Sie zogen sich zurück und kamen wieder, wenn ihre Zeit gekommen schien. Sie wurden Diana zunehmend unheimlich.

Diana las zum zweiten Mal eine von Florians Geschichten, die von diesen Botanikrekorden inspiriert zu sein schien. Eine Science-Fiction-Story, die ihr schon bei der ersten Lektüre gefallen hatte. Er hatte ihr den Titel *Der grüne Mantel der Erde* gegeben.

Auf mehreren Seiten hatte Florian aus für Diana unerfindlichen Gründen Informationen über den unter dem Spitznamen „Baummann" oder „Tree Man" bekannt gewordenen Abul Bajandar gesammelt. Der Mann aus Bangladesch litt an einer seltenen Krankheit namens Epidermodysplasia verruciformis. Einer Form von Virenabwehrstörung, die dafür sorgte, dass ihm auf der Haut, besonders an Händen und Füßen, schuppige, fast rindenartige Auswucherungen wuchsen. Florian hatte Bilder Bajandars und anderer von dieser schmerzhaften Krankheit Betroffener in sein Tagebuch eingeklebt. Die Ausstülpungen an der Haut erinnerten tatsächlich an Baumrinde und Tannenzapfen. Die Fotos wirkten auf Diana, als wären mythologische Mischwesen, halb Mensch, halb Baum, darauf Wirklichkeit geworden.

Je länger sie sich mit den Bildern beschäftigte, desto rätselhafter wurde ihr, warum Florian sie eingeklebt hatte. Das Tagebuch ließ sie ratlos zurück.

Sie verfolgte in der *Frankfurter Rundschau* aufmerksam, wie sich der Prozess entwickelte und besuchte jeden einzelnen Verhandlungstag. Vor jeder Sitzung musste sich Florian den Weg zur Anklagebank durch das Blitzlichtgewitter der Fotografen bahnen. Seit Wochen hielten die Medien seine Geschichte am Kochen. Deutschland erlebte seinen ersten Fall eines auch nicht vor Mord zurückschreckenden Klima-Terroristen. In den Fernsehtalkshows überschlugen sich die Experten mit Erklärungen. Zeitungen und Sender spekulierten viel über die Hintergründe. So sehr sich die Enthüllungsjournalisten und die Ermittlungsbehörden bemühten, sie fanden keine Hintermänner und keine Mittäter. Florian hatte seine Handlungen alleine geplant und ausgeführt. Er war ein einsamer Wolf, der sich zunehmend radikalisiert hatte – ohne Einflüsterer von außen, vollkommen aus seiner eigenen Gedankenwelt heraus. An die Baupläne seiner Briefbomben war er mit ein paar Klicks im Internet gelangt.

Florians Strafverteidiger hatte an Diana und ihre Eltern appelliert, vor der Verhandlung keine Interviews mit Reportern zu führen. Einige von Florians ehemaligen Kommilitonen und Mitaktivisten, mit denen er im Hambacher und Dannenröder Forst Bäume besetzt hatte oder nachts in Mastbetriebe eingedrungen war, hatten den Medien schon Geschichten gesteckt. Ihre Aussagen liefen stets auf das Gleiche hinaus: Florian sei ein Außenseiter gewesen, ein Sonderling mit radikalen, ja, faschistoiden Ansichten, dem man am besten aus dem Weg gegangen sei.

Einige der jungen Menschen wiederholten ihre Aussagen vor Gericht. Auch manche von Florians früheren Schulkameraden und Freunden aus dem Taunus sagten aus.

Ehemalige Lehrer sagten aus.

Sein Professor sagte aus.

Anwohner aus dem Weschnitztal sagten aus.

Florians Eltern sagten aus und berichteten, wie rebellisch Florian von klein auf gewesen sei.

Diana sagte aus. Sie bestätigte und korrigierte einige Aussagen ihrer Eltern. Erzählte von den langen Abenden in Florians Studentenbude in Marburg. Sie musste noch einmal die ganze Geschichte von ihrer Suche nach ihm wiedergeben. Wie sie ihn in dem den Medien zugespielten Manifest wiedererkannt und sie ihn schließlich mithilfe eines Försters im Wald gefunden hatte.

Bernd Heidereiter sagte aus. Er erzählte, wie er Florian eines Tages in dem verlassenen Hochbehälterhaus am Weschnitztal entdeckte. Er berichtete, dass er ihn einige wenige Male als Anhalter in seinem Wagen mitgenommen habe. Einmal habe er ihn auch zur Post gefahren, wo er, wie ihm heute klar sei, möglicherweise eine seiner Briefbomben abgeschickt habe.

Ein Experte für Psychopathologie sagte aus. Sein psychiatrisches Gutachten attestierte Florian eine narzisstische bis schizoide Persönlichkeitsstörung. Gekennzeichnet durch einen Mangel an Einfühlungsvermögen, eine Übersteigerung des Selbst, eine übermäßige Inanspruchnahme durch Fantasien und ein begrenztes Vermögen, Gefühle auszudrücken.

Ein Psychoanalytiker sagte aus. Florian habe von früh an unter der Strenge seines Vaters gelitten. Sein Verhalten erkläre sich teilweise aus dem Ödipuskomplex.

Eine Politologin sagte aus. Florians Weltbild lasse sich weder dem Links- noch dem Rechtsextremismus zuordnen. Sein Hass richte sich gegen *alle* Menschen. Er mache keine Unterschiede zwischen Rasse und Klasse. Seine Opfer seien zwar in führenden Positionen oder sogenannte Entscheider gewesen. Er habe sie aber nicht in erster Linie deshalb ausgewählt, sondern weil sie nach seiner Überzeugung eine Bedrohung für die Natur darstellten. Seine Ideologie folge keinem Rassismus, sondern einem Speziesismus. Also einem Konzept, das man auch bei manchen radikalen Tierschützern beobachten könne. Diese unterstellten dem Menschen ein Überlegenheitsgefühl gegenüber Tieren, mit dem er rechtfertige, sie quälen und töten zu dürfen. Florian sei gewissermaßen ein Speziesist gegenüber seiner eigenen Spezies. Im Menschen sehe er einen Irrläufer der Evolution. Der Begriff in seinem Manifest gehe auf Arthur Koestlers gleichnamiges,

1978 veröffentlichtes Buch zurück. Zu Verschwörungstheorien neige Florian nicht, zumindest nicht direkt. Alle seine Kritikpunkte – der Raubbau an der Erde, der Klimawandel, das Artensterben – seien wissenschaftlich belegt. Mit den Fakten und den Konsequenzen daraus habe er sich auseinandergesetzt. Allerdings ziehe er daraus extrem inhumane, ja, wahnhafte Schlüsse: Der Mensch sei das Übel und müsse von der Erde verschwinden.

Schließlich sagte Florian selbst aus. Er zeigte sich in ähnlicher Verfassung wie bei Dianas Besuch in der JVA Preungesheim. Er wirkte sanft, kein bisschen angriffslustig. Diana fand: wie mit sich im Reinen.

Florian erklärte sich schuldig in allen ihm von der Staatsanwaltschaft zur Last gelegten Anklagepunkten. Nach den Beweggründen für sein mörderisches Handeln gefragt, wiederholte er Worte aus seinem Manifest. Er gab zu, dass seine Argumentation, warum der Tod von Menschen zwingend nötig sei, für viele kaum nachzuvollziehen sei. Das sei nur auf dem Level möglich, das er längst erreicht habe. Aber wer seine Beweggründe durchschaue, würde auch verstehen, dass seine Ziele gut seien.

Sein Urteil auf lebenslange Haft nahm er mit ungerührter Miene entgegen. Er wirkte, als habe er nichts anderes erwartet.

Bevor ihn die Polizisten in Handschellen aus dem Saal abführten, schaute er noch einmal herauf zu Diana. Er lächelte sie an. Ein freundliches, ein aufmunterndes Lächeln. Nicht sein verrücktes, schiefes Grinsen.

Es war das letzte Mal, dass Diana ihn lebend gesehen hatte. Wenige Tage später erfuhr sie, dass Florian Suizid begangen hatte. Er hatte sich mit einem selbstgeflochtenen Seil aus Hanffasern, die er heimlich in seine Zelle geschmuggelt hatte, erhängt.

17.

Der grüne Mantel der Erde

Das Erste, was Carl bemerkte, als er durch die Schleuse trat, war der Duft nach frisch gemähtem Gras.

Damit hatte er gar nicht gerechnet. In seiner Vorstellung herrschte im Inneren von Raumschiffen völlige Sterilität. Und steril bedeutete Geruchlosigkeit.

Er konnte mit seiner Nase allerfeinste Nuancen wahrnehmen. Denn er trug weder Helm noch Visier, weder Atemschutzgerät noch Halbmaske. Er sollte den Besuchern mit freiem Gesicht entgegentreten. Wie ein menschliches Versuchskaninchen, das war Carl durchaus bewusst. Aber er tat es aus Überzeugung und im Wissen, in die Geschichte einzugehen.

Der Duft beruhigte ihn. Er erinnerte ihn an lange zurückliegende Sommerferien mit seinen Eltern in den Bergen. Wenn die Bauern die Heuernte einfuhren und er Büschel von Gräsern über den Zaun hielt, bis die Kühe nach langem, vorsichtigem Beschnuppern endlich danach schnappten.

War der betörende Duft ihre Art von Begrüßung oder hatte er schon die ganze Zeit über im Raumschiffinneren gehangen? Reicherten die Besucher auf ihrer interstellaren Reise damit die Luft zu ihrem Wohlbefinden an, so wie sich manche Menschen Duftbäume an den Rückspiegel ihrer Autos hängten?

Wie auch immer: Die Begrüßung hätte auch weniger friedlich ausfallen können. Der Krisenstab hatte sämtliche Möglichkeiten durchgespielt, selbst einen Beschuss mit Waffen. Was genau da auf die Erde zukam, war der Administration bis zuletzt unklar geblieben. Das Raumschiff hatte sich der Erde in völliger Stille genähert, es hatte keinerlei Signale ausgesendet. Die Insassen hatten auch nicht die Zeichen erwidert, die ihnen die Kontrollzentren von der Erde entgegengefunkt hatten.

Vielleicht war es ein Fehler, nur einen einzigen Menschen vorzuschicken, schoss es Carl durch den Kopf. Doch die Administration wollte es so. Sie sah darin die unmissverständlichste Art von Botschaft, den unbekannten Besuchern zu signalisieren, dass man in friedlicher Absicht komme.

Carl trat durch die nächste Schleuse – und plötzlich stand er vor ihnen. Als erster Mensch der Erde hatte er die Außerirdischen leibhaftig vor sich.

Sie bäumten sich direkt vor ihm auf. Carl war überwältigt von ihrer Größe. Sie erreichten die Höhe von ausgewachsenen Buchen.

Carl wurde sofort klar, dass ihn dies vor Probleme stellen würde. Sich nicht auf Augenhöhe zu begegnen, machte die Kommunikation nicht gerade leichter. Er konnte nicht aus ihren Gesichtern lesen, sie nicht aus seinem. Er war sich nicht einmal sicher, ob die Ankömmlinge überhaupt Gesichter besaßen. Er blickte auf ihre hoch aufragenden Körper wie gegen eine Wand. Ob obenauf Köpfe saßen, konnte er von unten nicht ausmachen. Dazu hätte er sich auf ein höheres Level begeben müssen oder die Außerirdischen sich auf ein niedrigeres. Doch sie standen unbeweglich da wie Türme. Sie gingen zu seiner Begrüßung weder in die Knie noch bückten sie sich.

Carl war dahingehend gebrieft, zunächst einmal sie, die Besucher, zu Wort kommen zu lassen. Handzeichen oder andere körpersprachliche Signale waren ihm strengstens untersagt. Die Administration befürchtete die Gefahr einer Missdeutung.

Der Kommunikationsgenerator an Carls Gürtel wartete geduldig auf die ersten Signale. Die Algorithmen waren so programmiert, dass sie versuchten, alle Geräusche, die sie als zusammenhängendes sprachliches System identifizierten, in seine Muttersprache zu übersetzen.

Carl verharrte an Ort und Stelle und wartete.

Die Passivität machte ihn nervös. Die Besucher hatten sich, seit er eingetreten war, keinen Millimeter gerührt und auch nicht den leisesten Ton von sich gegeben. Vielleicht fuhren sie die gleiche Strategie wie die Administration: zuerst den Gastgeber zu Wort kommen zu lassen. Doch wie lange sollte das so gehen? Wenn beide Seiten auf die jeweils andere warteten, konnte das ewig dauern.

Unterdessen fiel Carl ein weiterer auffälliger Unterschied zum Körper der Menschen auf: ihre Haut. Sie besaß nichts Fleischliches, sie wirkte wie die Rinde von Bäumen.

Endlich hörte Carl den ersten Funkspruch in seinem Ohrhörer.

„Anreden. Sprechen Sie die Begrüßungsformel."

Er gehorchte und erhob seine Stimme: „Wir ... begrüßen ... euch ... in ... Frieden."

Mehr sollte er nicht sagen. Nachdem er den Satz beendet hatte, wartete er schweigend auf eine Antwort. Doch nichts rührte sich. Die Besucher schwiegen beharrlich weiter.

Unter allen Szenarien, die der Krisenstab durchgespielt hatte, fehlte genau diejenige, die sich gerade abspielte. Was sollte er unternehmen, wenn nichts passierte? Dafür gab es keinen Plan.

Carl nahm wieder den Duft nach Gras wahr. Bildete er es sich ein, oder roch es schon etwas weniger frisch?

Nach gefühlten zehn Minuten hörte er den nächsten Funkspruch in seinem Ohrhörer.

„Abziehen. Bitte verlassen Sie sofort das Raumschiff."

Carl gehorchte. Er drehte sich vorsichtig um und ging mit langsamen Schritten zum Ausgang. In seinem Rücken spürte er, dass die Besucher still an ihren Plätzen verharrten. Sie griffen weder zu Waffen noch unternahmen sie irgendetwas anderes, um ihn aufzuhalten.

Kurz bevor er zur Tür heraustrat, schnupperte er noch ein letztes Mal den Duft nach Gras. Es roch inzwischen säuerlich.

Drei Tage später erhielt Carl in seiner Quarantäne, unter der er seit dem Kontakt mit den Besuchern stand, einen Anruf. Nachdem ihm die unbekannte Person am Telefon das richtige Codewort genannt hatte, stellte sie sich mit dem Namen Rachel vor.

„Mal wieder typisch!", schimpfte ihre Stimme aus dem Hörer. „Unter all den Wissenschaftlern im Krisenstab war keine einzige Botanikerin!" Sie beruhigte sich, besann sich auf den eigentlichen Grund ihres Anrufs und legte mit ihren Fragen los. Carl sollte genauestens die Düfte beschreiben, die er in dem Raumschiff wahrgenommen hatte.

„Gras", sagte er. „Wie frisch gemäht. Zumindest anfangs. Später roch es säuerlicher. Nach Zersetzung. Irgendwie vermodert. Es erinnerte mich an Torf."

„Interessant", hörte er Rachels Stimme. „Sehr interessant. Waren da noch andere Düfte in dem Raumschiff?"

Carl überlegte. „Nein. Ich nahm zumindest keine wahr. Ich war aber auch nicht lange drin und nur im Eintrittsbereich."

In der folgenden Nacht riss ein weiterer Anruf Carl aus dem Schlaf.

Es war Ann. Seine Kollegin.

„Sie haben sich endlich bewegt!", sagte sie aufgeregt. „Schau's dir an."

Carl loggte sich ins Intranet der Administration ein. Es öffnete sich ein vierfach geteilter Bildschirm. Jedes der Bildviertel zeigte Aufnahmen von einer der unterschiedlich positionierten Drohnen, die seit der Landung über dem Raumschiff kreisten.

Auf einem der Bilder war zu sehen, dass sich die Fangorns, wie die Besucher inzwischen genannt wurden, mittlerweile nach draußen begeben hatten. Carl vergrößerte das Bild. Die Außerirdischen standen in konzentrischen Kreisen um das Raumschiff. Sie füllten die komplette Waldlichtung, die sie als Landeplatz ausgewählt hatten. Sie standen in ihrer Carl nur zu gut bekannten, reglosen Pose da.

Die meisten der Kameras sendeten Außenaufnahmen. Der Krisenstab hatte lange darüber diskutiert, auch Drohnen ins Raumschiffinnere zu lenken.

Das wurde jedoch als zu konfrontativ bewertet. Die wenigen Innenaufnahmen, die zu sehen waren, stammten von mit speziellen Röntgenkameras bestückten Drohnen. Waren die meisten Bilder relativ undeutlich, hatten sie doch schon einige der hervorstechendsten Merkmale der Fangorns festalten können: Sie besaßen weder Köpfe, Gesichter noch Hände. Man war bisher davon ausgegangen, dass sie auch keine Beine besaßen.

„Verdammt, wie sind sie dahin gekommen?", fragte Carl.

„Spul mal Kamera zwei zurück", antwortete Ann.

Carl konnte es kaum fassen, als er die Bilder sah. Sie zeigten, wie die Fangorns der Reihe nach nach draußen traten und in einer gut eingeübten Choreografie innerhalb weniger Minuten die Formation um ihr Raumschiff bildeten, in der sie aktuell verharrten. Die Fortbewegungsorgane, auf denen sie nach draußen gelangten, glichen Wurzeln. Darauf stelzten sie dahin wie Weberknechte auf ihren langen, dünnen Beinchen. Ihre Art zu Gehen wirkte jedoch keineswegs so leichtfüßig wie bei dem Spinnentier, sondern ziemlich schwerfällig. Offensichtlich übten sie die Bewegungen nur aus, wenn sie es unbedingt mussten. Carl fiel dazu ein Sprichwort ein: Einen alten Baum verpflanzt man nicht.

Wo hatten diese Wurzelbeine bloß gesteckt, als er ihnen im Raumschiff gegenübergestanden hatte? Carl malte sich in seinen Gedanken aus, dass sie

sie unter ihren Körpern auf irgendeine Weise Kontakt zur Muttererde hielten, die sie von ihrem Heimatplaneten mitgebracht hatten. Er musste innerlich schmunzeln: Sie hatten ihre interstellare Reise wie Topfpflanzen auf einem langen Transport zugebracht.

„Die Botaniker haben herausgefunden, dass ihre Wurzeln jetzt schon tief im Waldboden da draußen stecken", erklärte Ann.

„Dann können sie sich ja ordentlich am frischen Wasser von unserer guten alten Erde satt trinken", erwiderte Carl.

„Erstaunlicherweise scheint sie das gar nicht zu interessieren. Die Chemiker haben jedoch starke Veränderungen in der Bodenchemie der Lichtung und der angrenzenden Waldstücke gemessen. Es scheint, als hätten sie sich in das Kommunikationsnetzwerk unserer Pflanzen eingeklinkt. Unsere Daten deuten zudem auf einen regen und schnellen Wechsel der Düfte im Wald hin."

Carl spürte sein Herz schneller schlagen. Ihm dämmerte plötzlich, dass die Vorbereitung der Mission komplett fehlgelaufen war. Die Linguisten im Beraterstab hatten allein auf akustische und optische Signale gesetzt. Die Besucher aber waren Pflanzenwesen, sie kommunizierten auf vollkommen andere Art als Menschen. Noch frappierender aber war, dass auch sie selbst offensichtlich nicht genügend auf die Begegnung mit der Erde vorbereitet waren. Anstatt mit dem Menschen zu kommunizieren, kommunizierten sie nun mit den Bäumen.

Fünf Tage später rief Ann erneut an.

„Sie sind weg!", sagte sie. Ihre Stimme klang zugleich aufgeregt und resigniert.

Carl loggte sich ein. Er setzte den Stream zurück und betrachtete sich das Schauspiel auf dem Bildschirm. Es lief Punkt für Punkt genauso ab wie vor fünf Tagen – nur andersherum. Es wirkte, als liefe der vorherige Film einfach rückwärts.

Nach Abzug der Außerirdischen machte sich in der Administration eine tiefe Depression breit. Die einmalige Chance, mit extraterrestrischem Leben zu kommunizieren, war vertan. Die Besucher waren mit ihrem Raumschiff davongeflogen, der Kontakt zu ihnen war abgerissen. Im Kontrollzentrum hatte niemand einen blassen Schimmer, auf welchen Planeten sie entschwunden waren.

Es war völlig unklar, was die Fangorns überhaupt auf der Erde gesucht hatten. In der Rückbetrachtung wirkte es so, als hätten sie überhaupt kein Interesse an Menschen, sondern vielmehr an ihren pflanzlichen Schwestern und Brüdern gehabt.

„Kein Wunder!", schimpfte Rachel in einer der Sitzungen des Krisenstabs. „Stellen Sie sich einmal vor, Sie kommen auf einen Planeten, dessen Biomasse zu 99,5 Prozent aus derjenigen Lebensform besteht, der Sie selbst angehören: den Pflanzen –

dem grünen Mantel der Erde. Warum sollten Sie dann Kontakt suchen zu den wenigen, kleinen Parasiten, die hier rumspringen und sich Menschen nennen? Zumal Sie in Ermangelung an dafür empfängliche Sinnesorgane deren kümmerliche Kommunikationssignale gar nicht wahrnehmen."

Rachel war es auch gewesen, die erstmals die Veränderungen am Gesundheitszustand des Waldes entdeckte: Von der Lichtung ausgehend breitete sich rasch eine unbekannte Krankheit aus. Nach und nach befiel sie immer mehr Pflanzen. Sie stellten ihr Wachstum ein. Binnen weniger Monate erfasste sie große Teile der gesamten Flora der Erde.

In den Fernsehnachrichten sah Carl Ann. Sie war zu einer gefragten Interviewpartnerin geworden, nachdem die Administration sie nach ihrer Enttarnung als Whistleblowerin in Unehren entlassen hatte. Dem Fernsehsender sagte Ann: „Es gab da eine Theorie innerhalb des botanischen Beraterteams, die meiner Meinung nach eine gute Erklärung für das Ganze liefert. Demnach impften die Fangorns unseren irdischen Pflanzen sozusagen Gedanken ein, auf die sie vielleicht selbst niemals gekommen wären: Sie überzeugten sie davon, dass, wenn sie nicht schon bald den größten Parasiten von der Erde vertrieben, sie sehr schnell diejenigen sein könnten, die jeglicher Lebensgrundlage beraubt sind. Sie überredeten sie gewissermaßen dazu, ihm die Luft abzudrehen, ihn einfach zu ersticken. Sobald homo sapiens ausgemerzt wäre, könnten sie ihr Wachstum wieder beginnen. Pflanzen haben den längeren Atem."

Carl schaute vom Bildschirm herüber zu seiner Frau. Ohne seine Blicke zu erwidern, drehte sie sich weg und ging schweigend ins Kinderzimmer, um ihrer Tochter eine Gutenachtgeschichte vorzulesen.

Carl griff nach dem Telefon und wählte Anns Nummer. Kaum hatte sie angenommen, fragte er: „Wie lange haben wir noch zu leben?"

Ann schwieg. Sie schwieg lange.

Carl dachte schon, sie hätte aufgelegt, ehe er leise Geräusche durch den Hörer vernahm. Er brauchte lange, um zu kapieren, dass es ein Schluchzen war. Nach drei vergeblichen Anläufen, ein Wort über ihre Lippen zu bringen, legte Ann auf.

18.

„Hast du die Nachrichten schon gehört?"

Monika Weber zuckte zusammen, als sie plötzlich eine Stimme in ihrem Büro hörte. Sie schaute von ihrem Computerbildschirm auf. Bislang hatte sie den ganzen Morgen damit verbracht, unerwünschte E-Mails zu löschen.

Es war Thomas. Er schien ungewöhnlich nervös.

„Hier, schau mal."

Er hielt ihr sein Smartphone vor die Nase, auf dem er eine Nachrichtenseite aufgerufen hatte. Sie las die Schlagzeile: „Braun-grüner Schulterschluss – Neonazis marschieren vor Grab von Klima-Terrorist Keller auf."

Monika schaute herauf zu Thomas. Warum sollte sie das gerade jetzt interessieren, wo sie doch ganz andere Sorgen hatte? Sicher – als damals der *Greenhood*-Fall hochkochte, hatte auch sie ihn in den Nachrichten verfolgt. Er hatte sie aufgewühlt. Er hatte sie, wie viele ihrer Kolleginnen und Kollegen, vor unbequeme Fragen gestellt.

Thomas wedelte mit seinem Handy in der Luft. „Lies weiter!“

Monika hielt Thomas' Hand fest und griff sich sein Smartphone. Sie tippte mit dem Finger auf das Display und scrollte weiter durch den Text. Nur langsam begriff sie, wie die beiden bisher in ihrer Gedankenwelt weit auseinanderliegenden Dinge miteinander verknüpft waren.

„Keller ist im Friedwald Michelstadt begraben?“, hörte sie sich ungläubig und flüsternd fragen, nachdem sie den Artikel gelesen hatte.

„Sieht ganz danach aus“, sagte Thomas.

Monika lehnte sich in ihrem Schreibtischstuhl weit zurück und schüttelte langsam den Kopf. „Das gibt's doch nicht.“

„Liebe Monika, ziehe bitte keine Verbindungen, wo keine sind. Ein Zufall. Ein bloßer Zufall. Wenn auch zugegebenermaßen ein ziemlich verteufelter.“ Thomas lächelte sie an. „Ich muss dir übrigens sagen: Ich fand dich gestern großartig!“ Er nickte ihr aufmunternd zu, schritt Richtung Tür und drehte sich noch mal zu ihr um. „Denke immer daran: Das sind nur Bäume, verdammte Scheiße!“, sagte er lachend.

„Das sind nur Bäume, verdammte Scheiße!“, antwortete Monika.

Thomas grinste und verließ ihr Büro.

Sie selbst fand sich gestern Abend gar nicht großartig. Zur besten Sendezeit war sie zu Gast in einer von einem Millionenpublikum verfolgten TV-Talkshow.

Ihr Part war derjenige der Expertin, die die seltsame Pflanzenkrankheit erklären sollte. Dummerweise musste sie sich diese Rolle mit Professor Fritz von Harbou teilen, der keine Gelegenheit ausließ, Monikas Pflanzenintelligenzthesen ins Lächerliche zu ziehen. Er hatte – wie sie – einen Teil zur großangelegten Studie für die Bundesregierung beigesteuert. Von Harbou vertrat die sogenannte Degenerationsthese. Er war der Meinung, dass der genetische Code der Pflanzen nach Jahrmillionen des Funktionierens nun Erschöpfungsanzeichen zeigte. Wie bei einer Maschine, die nicht ewig laufen könne, offenbarten sich seiner Überzeugung nach nun Abnutzungs- und Verschleißerscheinungen. Äußere Einflüsse wie den Klimawandel oder die fortschreitende Biotopvernichtung ließ er als Gründe nicht gelten.

Von Harbous Thesen überzeugten Monika nicht. Sie lieferten nach ihrer Meinung keine stichhaltigen Begründungen, weshalb die Degeneration gerade jetzt auftrat und sie es nicht schon sehr viel früher getan hatte. Zumal bei mehreren Pflanzenarten gleichzeitig, die zu verschiedenen Epochen in der Evolutionsgeschichte aufgetaucht waren und demnach seit unterschiedlich langen Zeiten die Erde bewuchsen. Nach Monikas Dafürhalten beantwortete von Harbou gleich zwei wichtige Warum-Fragen nicht: Was löst die Krankheit aus und weshalb springt sie von Pflanzenart auf Pflanzenart über?

Von Harbou war es allerdings gelungen, mit seinen Thesen eine viel größere Popularität zu erzielen als Monika mit ihren. Sie hatten schon im Vorfeld der Sendung ein viel breiteres Medienecho erfahren. Inzwischen hatten sie sich sogar in den Ministerien und Behörden als Mehrheitsmeinung durchgesetzt, während Monikas Ansichten als Außenseiterposition galten. Die Öffentlichkeit verlangte nach einfachen Erklärungen – und bekam sie. Pflanzen mit kartesianischen Maschinen gleichzusetzen war griffiger, als in ihnen intelligente Wesen zu sehen. Das hatte sich seit Darwin kaum geändert.

Monikas Thesen fanden zwar ebenfalls ihre Anhänger, aber nur in dafür aufgeschlossenen Kreisen. Wie klein diese Zirkel tatsächlich waren, wurde ihr am Abend im Fernsehstudio zum erstmals schmerzlich bewusst. Sobald sie Worte wie Intelligenz oder Problemlösungsstrategien in den Mund nahm und auf Pflanzen bezog, erntete sie unter den weiteren Vertretern in der Talkrunde (dem Umweltminister, einem Konzernmanager, einem Klimaexperten, einer Umweltaktivistin) ungläubige Blicke bis hämische Lacher.

„Das ist doch reinste Esoterik!“, rief von Harbou dazwischen und sowohl der Umweltminister als auch der Konzernmanager nickten eifrig.

Von Harbou zog als Argument gegen Monikas Thesen die sogenannte Vogelsbergstudie aus dem Hut, die schon andere Gegner vorher gegen sie angeführt hatten. Am osthessischen Vogelsberg hatten Wissenschaftler im Auftrag des Bundes auf einem größeren Gelände für eine Versuchsreihe die Beschaffenheit des Bodens manipuliert. Sie hatten ihm, in Versuchsquadrate unterteilt, unterschiedliche pH-Werte sowie unterschiedliche Nährstoff- und Mineralienzusammensetzungen gegeben. Ergebnis: Selbst die besten Bedingungen hatten die Bäume, egal ob Neupflanzungen oder alter Bestand, nicht vom Absterben abgehalten. Damit sahen sie Monikas Argumentation, Pflanzen reagierten auf die zum Negativen hin veränderten Lebensbedingungen, als widerlegt an.

Monika versuchte in dieser Sendung erneut zu erläutern, dass die Vogelsbergstudie auf einem zu simplen Reiz-Reaktions-Schema beruhe. Sie ziehe nicht in Betracht, dass der „selbstdestruktive Gedanke" möglicherweise bereits längst in den „Wurzelgehirnen" (sie gebrauchte tatsächlich diesen Ausdruck) der Pflanzen stecke und nicht so schnell mehr herauszubekommen sei. Was von Harbou sogleich unter dem Gelächter der Mitdiskutierenden und des Saalpublikums mit den Worten quittierte: „Verehrte Kollegin, Sie wollen uns doch nicht im Ernst weismachen, was wir hier erleben, ist ein riesenhaftes Pflanzen-Kamikaze?"

An diesem Punkt der Diskussion bemerkte Monika, dass sie bereits innerlich zumachte. Sie entgegnete von Harbou nichts mehr auf dessen Zwischenruf. Sie wusste, sie hatte verloren. Sie konnte in dieser Runde nichts mehr gewinnen.

Gerne hätte sie den Fernsehzuschauern noch verdeutlicht, wie schwer nach menschlichen Maßstäben die Reaktionen von Pflanzen zu begreifen waren. Das Wurzelgeflecht in der Erde, das Wood Wide Web, war ein komplexes, holistisches System. Die funktionale Bestimmung einer jeden einzelnen Pflanze war von ihrer Rolle im Ganzen abhängig.

Monika sagte jedoch von alledem nichts.

Sie wusste, von Harbou würde alles mit seinem sicheren Instinkt für Populismus gegen sie verwenden. Eine Talkshow war keine Plattform für tiefgründige Gedanken. Sie taugte bloß für oberflächliches Geschwätz.

Wenn die Talkgäste auch in vielem nicht zusammenfanden, in einem Punkt waren sie sich alle (bis auf den Konzernmanager) einig: Die Lage war ernst. Sehr ernst. Die Größe der weltweit betroffenen Flächen hatte inzwischen die Ausmaße von Australien angenommen.

Wie zu Corona-Zeiten, als Behörden und Medien täglich die Neuinfektionszahlen und Inzidenzwerte pro Landkreis meldeten, gaben sie nun täglich durch, in welchen Regionen der Erde welcher Sauerstoffgehalt in der Atemluft gemessen wurde. Wenn das so weiter ginge, drohte nicht nur der Sauerstoff über kurz oder lang knapp zu werden, sondern auch die Nahrungsmittel. Denn zunehmend waren auch Nutzpflanzen betroffen. Landwirte beklagten Ernteausfälle. Experten sahen eine Hungerkatastrophe heraufziehen. Hersteller von Laborfleisch und anderen synthetischen Lebensmitteln hatten bereits ihre Produktion hochgefahren. Auch das Sauerstoffproblem schien dramatischer, als bislang befürchtet: Meeresforscher hatten erste Anzeichen dafür entdeckt, dass die Krankheit nun auch auf die Flora der Ozeane überging. Eine katastrophale Entwicklung – schließlich produzierten Meerespflanzen rund siebzig Prozent des Sauerstoffgehalts in der Erdatmosphäre.

„Wenn wir die Entwicklung nicht gestoppt bekommen, haben wir höchstens noch ein, zwei Jahre", warnte der Klimaexperte in der Talkrunde. Es folgte ein Schlagabtausch, mit welchen Maßnahmen die globale Erstickungs- und Hungerkatastrophe noch abzuwenden sei.

„Wäre es möglich, ausreichend großen Mengen Sauerstoff künstlich zu produzieren, um ihn in die Atmosphäre zu blasen oder damit Atmungsgeräte für die Menschen zu versorgen?", fragte die Talkmasterin. Das hielten alle Gäste (bis auf den Konzernmanager) für aussichtslos angesichts der großen Mengen, die für die Weltbevölkerung, Tiere mitgerechnet, nötig wären.

„Droht uns ein globaler Genozid?", fragte die Moderatorin suggestiv. „Sind wir irgendwann so weit, dass wir Entscheidungen treffen müssen, welchen Mitbürgerinnen und Mitbürgern wir noch die lebenserhaltende Maßnahme der Sauerstoffversorgung gewähren dürfen und welchen nicht? Dass wir Tiere, die für uns keinen direkten Nutzen haben, notschlachten müssen, weil sie uns zu viel Luft zum Atmen nehmen?"

Nach einem Einspieler mit Szenen aus dem Science-Fiction-Klassiker *Lautlos im Weltall* stellte die Moderatorin die provokante Frage, ob es wie in dem Film für den Menschen bald an der Zeit sei, die Erde mit großen Raumschiffen, mit „interplanetaren Archen", zu verlassen. Darin sahen alle Talkgäste (selbst der Konzernmanager) keine Alternative.

„Wer möchte schon über die ethische Frage entscheiden wollen, wer mit an Bord darf und wer auf der Erde bleiben muss?", fragte von Harbou. „Und ist es wirklich erstrebenswert, auf einem öden Jupitermond unter einer Sauerstoffglocke dahinzuvegetieren, bis der Nachschub an Lebensmitteln von der Erde versiegt?", hakte der Klimaexperte ein.

Woraufhin die Umweltaktivistin zu bedenken gab: „Der gute alte Noah konnte zumindest mit einem Neuanfang nach der Sintflut rechnen. Wir aber würden auf unseren interplanetaren Archen den Tod bereits mitführen. Unsere Pflanzen würden unterwegs eingehen und möglicherweise auf einem neuen Planten gar nicht erst angehen. Wir müssten auf das Unwahrscheinliche hoffen, dass er über eine eigene Flora verfügt, die essbaren Ertrag bringt."

Monika sagte die wohl düstersten Sätze des Abends, welche die Zeitungen heute, am Tag danach, am häufigsten zitierten: „Die Pflanzen werden am Ende siegen. Sie drosseln uns langsam die Luft ab. Sie töten uns langsam. Das ganze Leben der Pflanzen ist langsam, also auch die Ausführung ihres mörderischen Plans."

Vielleicht hatte sie es damit überzogen. Vielleicht auch nicht. Wäre sie auf Facebook, Twitter oder Instagram, der Shitstorm wäre längst über sie hereingebrochen. Doch auch so hatten Massen eifriger Trolle ihre E-Mail-Adresse ergoogelt und schon in der Nacht damit begonnen, ihr Mail-Programm mit Nachrichten zu fluten. „Ökofaschistin", „Linkslauch" und „dummes Gemüse" waren noch die harmlosesten Beschimpfungen. Sie bezichtigten sie des „Okkultismus" und „apokalyptischen Alarmismus".

Von einigen Usern bekam sie jedoch auch Beifall für ihre „dringend nötige Mahnung" und ihrem „wichtigen Beitrag zur Aufwertung der Pflanzen". Manche nahmen es auch ironisch: „Wird Zeit, dass wir Fotosynthese lernen", schrieb jemand lapidar.

Bernd hatte sie ins Fernsehstudio nach Köln begleitet und sich rührend um sie gekümmert. Im ICE-Nachtzug zurück nach Frankfurt kamen Monika plötzlich die Tränen. Die ganze Anstrengung der vergangenen Wochen fiel von ihr ab. Bernd gab sein Bestes, sie wieder aufzubauen.

Um 2.30 Uhr in der Nacht erreichten sie den Frankfurter Hauptbahnhof. Monika fiel in ihrer Wohnung völlig geschlaucht ins Bett. Doch kaum hatte sie die Augen geschlossen, spürte sie, dass sie nicht schlafen würde. Sie war zu aufgedreht.

Vielleicht hätten sie sich doch ein Hotel in Köln nehmen sollen, wie es Bernd vorgeschlagen hatte. Aber sie wollte unbedingt am nächsten Morgen wieder am Schreibtisch in ihrem Büro sitzen und weiterarbeiten. Sie war da an einer Sache dran, und die wollte sie schnell klären.

Sie kaute nachdenklich an ihrem Bleistift. Die Lackierung des Schafts schmeckte bitter.

Was hatte es mit Baum 202202 auf sich?

Ihr Handy gab ein kurzes Signal von sich. Bernd hatte ihr eine Nachricht geschrieben: „Treffen morgen früh mit Fr. Sörries klappt. 11 Uhr."

„Super. Danke, Bernd!", schrieb sie und überlegte kurz, ob sie als Emoji ein rotes Herzchen dahinter setzen sollte. Sie entschied sich jedoch für einen hochgestreckten Daumen.

19.

Diana war ziemlich überrascht, als sie einen Brief von einem Notar aus Michelstadt erhielt. Mit einem Testament Florians hatte sie gar nicht gerechnet. Soweit sie wusste, hatte ihr Bruder kaum Besitz. Abgesehen von ein paar Sperrmüll- und Secondhand-Möbeln, die in seiner Marburger Studentenbude standen, seinem Notebook, seinem Tagebuch und seiner kleinen Sammlung von Botanikbüchern dürfte er kaum etwas hinterlassen haben. Auch sein Konto dürfte ziemlich leer sein. Florian hatte stets von der Hand in den Mund gelebt. Angespart hatte er sicher nichts. Gejobbt hatte er selten. Er bezog nur wenig Bafög. Die Eltern hatten ihm nichts mehr gezahlt, seitdem er den Kontakt zu ihnen abgebrochen hatte.

Als der Notar Diana das Testament in seiner Kanzlei eröffnete, entsprach die Liste seiner Besitztümer, die Florian ihr vermachte (er hatte sie als „Alleinerbin“ eingesetzt), genau ihren Erwartungen: ein paar billige Möbel, ein Notebook, Bücher, sein Tagebuch und ein geringer Betrag auf seinem Konto. Dafür hätte es kein Testament gebraucht. Diana hätte die wenigen, meist unbrauchbaren Dinge auch ohne Florians Anweisungen an Oxfam gespendet.

„Da ist noch eine Sache“, sagte der Notar. „Ihr Bruder hat in seinem Letzten Willen vermerkt, dass er anonym im Friedwald Michelstadt beerdigt werden möchte. Er bittet Sie, darüber stillzuschweigen, und niemandem, also nicht mal Ihren Eltern, etwas davon sagen. Und dass Sie unverzüglich mit der Geschäftsführerin des Friedwaldes, einer gewissen Silvia Sörries, in Kontakt treten. Sie ist bereits über alle Modalitäten informiert. Ich bitte Sie inständig darum, Frau Keller, den Letzten Willen Ihres Bruders zu respektieren.“

Das überraschte Diana. Warum hatte Florian schon lange vor seiner Festnahme Kontakt mit dem Friedwald aufgenommen? Klar, er musste jederzeit damit rechnen, gefasst zu werden. Möglicherweise hatte er für diesen Fall auch schon lange seinen Freitod geplant. Aber warum war es ihm so wichtig, wo und wie er bestattet würde? Die Erklärung konnte nur in dem Ort selbst liegen. Vermutlich hatte er in seiner Zeit im Weschnitztal diesen Bestattungswald entdeckt und sich in ihn verliebt. Er, der Naturschützer, fand sicher Gefallen an der Vorstellung, seine letzte Ruhestätte in einem Wald zu finden.

Doch warum hatte Florian verfügt, dass noch nicht einmal seine Eltern davon erfahren sollten? War der Bruch mit ihnen so groß, dass er sogar den Tod überdauern sollte? Vater und Mutter hatten Diana bereits gefragt, auf welchem Friedhof Florian beerdigt werden sollte. Marburg kam für die beiden nicht in Frage. Das war ihnen viel zu weit weg. Sie dachten an ihre Taunusgemeinde, dem Ort von Florians Kindheit. Wie sollte Diana ihnen nun klarmachen, dass sie ihnen nicht verraten dürfe, wo er seine letzte Ruhestätte finde und dass sie zu seiner Beerdigung nicht erwünscht seien?

Was auch immer die Gründe für Florians Handeln waren: Das geheime und anonyme Begräbnis im Friedwald schien ihm wichtig gewesen zu sein. Und vielleicht war es auch der einzige Grund, warum er überhaupt ein Testament hinterlassen hatte.

Am übernächsten Tag traf sich Diana mit Frau Sörries. Sofort nach Eintreten in den Friedwald erkannte sie, warum Florian diesen Ort ausgewählt hatte. Es war ein prächtiger, grüner Wald. Die Bäume standen voll in ihrem Saft. Der Wind spielte in ihren Wipfeln. Hier pulsierte das Leben. Diana spürte das in jeder Faser ihres Körpers. Sie hatte sich noch nie über ihre letzte Ruhestätte Gedanken gemacht. Plötzlich wurde ihr klar, dass auch sie in einem Friedwald begraben werden wollte. Friedhöfe waren öde Totenwüsten dagegen.

„Guten Tag“, begrüßte Silvia Sörries sie mit einem Lächeln. Die Geschäftsführerin war Diana auf Anhieb sympathisch.

„Ich führe sie erst einmal durch unseren Wald. Dann können wir uns schon mal den Baum ansehen, unter dem ihr Bruder liegen wird.“

Während der Besichtigung des Geländes änderte sich Dianas erster Eindruck wenig. Die Plaketten mit Nummern, die an den Bäumen zur Identifizierung der darunter Begrabenen angebracht waren, nahmen dem Wald zwar etwas von seiner Romantik. Doch Florian hatte den richtigen Ort gewählt. Vielleicht fand hier sein ruheloser Geist endlich seinen Frieden.

Zurück im Büro händigte ihr die Friedwaldgeschäftsführerin einen Stapel Unterlagen aus. Diana las quer darüber. Sie hatte nur wenige Fragen.

„Wie sieht das mit dem Krematorium aus? Muss ich selbst Kontakt damit aufnehmen? Oder machen Sie das?"

„Ich werde das tun", antwortete Silvia Sörries. Sie räusperte sich und sagte mit fester Stimme: „Sie wissen, Frau Keller, Ihr Bruder verfügte, dass nur Sie an der Beerdigung teilnehmen dürfen und dass es keinen Abschied am offenen Grab geben soll. Am Tag der Beerdigung werden Sie ein bereits verschlossenes Grab vorfinden."

„Ja. Das weiß ich. Ich hatte auch nicht vor, ihm irgendwelche Blumen auf die Urne zu streuen. Florian sagte immer: ‚Schnittblumen sind tote Blumen'." Diana lachte kurz auf.

Silvia Sörries stieg nicht mit in ihr Lachen ein. Sie fuhr unbeirrt mit der Aufzählung der Modalitäten fort: „Wenn Sie Ihren Bruder ein letztes Mal sehen wollen, müssen Sie bereits Abschied von ihm nehmen, bevor er ins Krematorium kommt. Er wollte nicht, dass irgendjemand bei seiner Einäscherung dabei ist."

Diana nickte und sagte: „Steht alles so in seinem Testament."

Sie unterschrieb die Formulare und reichte sie Silvia Sörries zurück. Als sie die Unterlagen entgegennahm, schien die Geschäftsführerin ihr Lächeln wiedergefunden zu haben. Sie sagte freundlich: „Danke."

„Sagen Sie, Frau Sörries, wann genau war mein Bruder eigentlich das erste Mal bei Ihnen?"

„Das muss wenige Wochen vor seiner Verhaftung gewesen sein. Er stand eines Tages plötzlich, ohne vorherige Terminabsprache, vor meinem Büro. Ich ließ ihn herein. Er übergab mir ein Schreiben, das darlegt, wie er sich seine Beerdigung in unserem Friedwald vorstelle. Ganz so, wie es sich nun offensichtlich in seinem Testament wiederfindet. Er versprach mir, eine Anzahlung zu leisten, und vereinbarte einen zweiten Termin mit mir, an dem wir alles Weitere besprechen könnten. Sein Vorgehen und manche Einzelheiten seines Letzten Willens waren schon sehr ungewöhnlich, so etwas habe ich bisher noch nicht erlebt."

„Das passt zu meinem Bruder."

Silvia Sörries lächelte. „Wissen Sie, Frau Keller, ich glaube in Ihrem Bruder steckte etwas, von dem die meisten Menschen gar keine Ahnung haben."

Diana schaute sie fragend an.

„Zusammen mit seinem Schreiben hinterließ er mir noch etwas", erklärte die Geschäftsführerin. „Ein Märchen. Ein wirklich wunderschönes Märchen."

„Ich kenne sein Talent auf diesem Gebiet", sagte Diana mit einem nervösen Lächeln. Sie versuchte, ihre Überraschung zu überspielen.

„Sofort nachdem ihr Bruder gegangen war, habe ich es gelesen. Am Ende hatte ich Tränen in den Augen, so schön war es. Warten Sie mal kurz. Ich zeige es Ihnen."

Silvia Sörries öffnete eine Schublade ihres Schreibtischs und zog einen Stapel bedruckter DIN A4-Bögen hervor.

„Hier ist es. Er nannte es *Das Märchen vom Menschen, der zum Baum wurde.*"

Diana spürte einen Schauder durch ihren Körper fließen. Sie kannte es aus Florians Tagebuch.

„Ja, da haben Sie recht. Das ist wirklich ein sehr, sehr schönes Märchen von ihm." Diana bemerkte, wie gepresst ihre Stimme klang. Sie schaute auf ihre Armbanduhr. „Oh, ich muss langsam los."

Sie schüttelte der Geschäftsführerin die Hand.

„Auf Wiedersehen, Frau Sörries. Wir bleiben in Kontakt. Ich melde mich."

„Auf Wiedersehen."

Diana ließ sich von dem aufmunternden Abschiedslächeln anstecken, das ihr entgegenstrahlte. Sie lächelte, wenn auch etwas gequält, zurück.

20.

Das Märchen vom Menschen, der zum Baum wurde

Es war einmal ein Wanderer, der im Wald eine Rast einlegte. Er war fast den ganzen Tag gelaufen. Sein Körper war müde, seine Beine waren schwer.

Er zog seine Wanderstiefel und Strümpfe aus, um sich die wehen Füße zu reiben und sie auf Blasen abzusuchen. Er lehnte sich dabei gegen den Stamm eines uralten Baumes. Mit der einen Hand stützte er sich auf dessen Rinde, mit der anderen begutachtete er die Haut seiner Zehen.

Er schenkte dem Baum dabei keinerlei Beachtung.

Das gefiel dem Baum gar nicht und er ließ Harz aus seiner Rinde austreten.

„Igitt!", rief der Wanderer. Zuerst erschrak er, als er die klebrige Flüssigkeit an der Hand spürte. Aber anstatt sie wegzuziehen, fand er Gefallen daran, mit seinen Fingerspitzen den zähen, weichen Saft auf dem Stamm zu verreiben.

„Deine Rinde fühlt sich fast an wie Haut", sagte er. Nun schaute er den knorrigen alten Baum näher an. Zwei Astlöcher auf gleicher Höhe nebeneinander sahen aus wie Augen. Ein abgebrochener Ast dazwischen glich einer knolligen Nase, ein dicker Baumpilz darunter einem Paar wulstiger Lippen.

„Ein wahres Charaktergesicht!", rief der Wanderer überrascht aus. „Ihr Bäume seid doch die Menschen unter den Pflanzen! Aufrecht steht ihr da – ganz wie wir. Nur mit einem Unterschied: Wir können uns bewegen, ihr könnt euch nicht vom Fleck rühren. Ihr seid zu einem stummen Leben in Langeweile verdammt und könnt euch in keiner Sprache mitteilen. Deshalb sind auch wir die Herrscher der Welt." Der Wanderer nickte zufrieden. „In deinem Schatten werde ich eine Rast einlegen", sagte er bereits gähnend.

Der Baum aber ließ sein Harz so klebrig werden, dass der Wanderer mit seinen Fingern nicht mehr davon loskam. Die Müdigkeit übermannte den Wanderer, der sich eigentlich auf die Wiese unter den Baum hatte legen wollen, so sehr, dass er gleich an Ort und Stelle, stehend an den Baum gelehnt, eindöste.

„Es gibt keinen Grund, sich im Wald zu fürchten", murmelte er noch, bevor er in einen tiefen Schlaf versank.

Der Wind wurde stärker. Das Rascheln der Blätter in der Krone des Baumes nahm zu. Es klang wie eine säuselnde Stimme.

Der Wanderer träumte, wie er eins mit dem Baum wurde. Er wurde zu einem Teil von ihm, er wurde ein Ausleger des Baumes, ein zweiter, ihn stützender Stamm.

Er spürte, wie unter seinen Füßen Wurzeln herausschossen und sich in den Boden senkten, wie sie sich durstig dem Wasser in der Erde entgegenreckten. Er spürte, wie sich seine Haut in Rinde verwandelte und sein Körper mehrere Meter in die Höhe schoss. Er spürte, wie das Wasser durch seinen Stamm bis hoch in die äußersten Zweige seines Wipfels floss. Er spürte, wie alles in ihm pulsierte, wie sich alles in ihm bewegte. Ein Saft floss durch seine Gefäße wie früher sein Blut durch seine Adern. Er spürte, wie sich seine Blätter nach dem Licht richteten, wie an seinen Zweigen Knospen aufgingen und zu Blüten wurden.

Die Sonne bewegte sich in einer sehr viel größeren Geschwindigkeit, als es der Wanderer aus seinem früheren Leben kannte. Die Zeit schien viel schneller zu laufen, als er es gewohnt war. Eine Minute kam ihm vor wie eine Sekunde. Eine Stunde wie eine Minute. Ein Tag wie eine Stunde. Eine Woche wie ein Tag. Ein Monat wie eine Woche. Ein Jahr wie ein Monat. Die Zeit verging mehr als zehnfach so schnell.

„Das erscheint dir nur so", hörte er die Stimme des Baumes in sich sprechen. „Weil euch Menschen eine kürzere Lebenszeit beschieden ist als uns. Ihr werdet nur achtzig, wir aber werden tausend Jahre, mehr als zehnmal so alt wie ihr."

Und schon war es Herbst, obwohl doch für den Wanderer eben noch Sommer gewesen war.

Er spürte, wie seine Blätter von den Ästen und Zweigen fielen. Es fühlte sich an, als schnitte ihm ein Barbier das Haar. Er spürte Luft an Stellen, an denen vorher nicht der geringste Windhauch hingelangt war.

Und schon war es Winter.

„Von wegen Langeweile!", hörte er wieder die Stimme des Baumes in sich sprechen.

Die Stimme des Baumes? Wie konnte er dessen Stimme wahrnehmen, da er doch zuvor, in einem anderen Leben, noch der Meinung gewesen war, dass die Bäume keine Sprache hatten.

Es war auch gar nicht die Stimme des Baumes. Es war die Stimme der Bäume. Es war die Stimme aller Bäume um ihn herum. Es war die Stimme des Waldes. Aus der Ferne vernahm er auch noch die Stimmen der Bäume aus benachbarten Wäldern. Und sogar Stimmen von noch weiter her. Vom anderen Ende der Welt. Es war ein einziges großes Stimmengewirr, aus dem der Wanderer erst einmal lernen musste, die Stimmen herauszufiltern, die er jeweils hören wollte.

Aber es war kein Hören. Es war ein Riechen und Fühlen, ein Wahrnehmen von Düften in der Luft, von Elementen im Waldboden. Er spürte, dass er über die Wurzeln mit den anderen Bäumen und mit anderen Pflanzen verbunden war. Er war eingeknüpft in ein großes Netzwerk, über das er mit den anderen Pflanzen in einem ständigen Austausch von Gedanken lag.

„Willkommen bei uns", hörte er die Stimmen flüstern. „Aber sag, warum bist du so traurig?"

Er überlegte lange, fand aber keine Antwort.

Unterdessen spürte er, wie Raupen an seinen Blättern knabberten, wie Hirsche ihre Geweihe an seiner Rinde wetzten – und dann ganz plötzlich, wie ein Wanderer seinen müden Körper an seinen Stamm lehnte.

Er wachte auf.

Er rieb sich die Augen.

„Was für ein seltsamer Traum das war!"

Der Wanderer zog seine Hand aus dem mittlerweile getrockneten Harz. Er schaute auf den Baum vor sich. Blickte in dessen Gesicht mit den Astlöcheraugen, dem knorrigen Nasenzweig und den wulstigen Baumpilzlippen.

„Der Baum ist doch der wahre Freund des Menschen!", sagte er lächelnd, zog seine Strümpfe und Schuhe wieder an und wanderte los.

Er drehte sich noch einmal um und schaute den Baum an.

„Nie wieder werde ich sagen, dass ihr zu einem regungslosen, stummen Leben verdammt seid!"

Nachdem der Wanderer wieder in der Stadt der Menschen war, erwarb er sich schnell den Ruf eines Sonderlings. Er nahm seltsame Gewohnheiten an. Alles was er tat, tat er äußerst langsam und bedächtig. Nie sah ihn je ein Mensch dabei, wie er die Axt an einen Baum oder die Schere an eine Hecke anlegte. Als einmal ein Nachbar im Garten Bäume fällte, sah man ihn bitterlich weinen.

Eines Tages war der Wanderer plötzlich verschwunden. Er wurde nie wieder in der Stadt gesehen. Ein Förster aber berichtete von einem seltsamen Fund: Direkt an einen knorrigen, alten, fast toten Baum im Wald war ein ihn stützender, frischer und kräftiger Stamm eines zweiten Baumes gewachsen.

21.

Monika musste aufpassen, dass sie nicht zu viel lächelte. Sie wollte sich nicht gleich verraten. Aber sie konnte es sich einfach nicht verkneifen. Es war wie ein Kitzeln in ihrem Inneren.

Bernd sollte von sich aus bemerken, welchen Anhänger sie an ihrer Kette trug. Sie hatte das Schmuckstück vor einigen Tagen nach langer Suche wiedergefunden, tief vergraben in einer Schublade. Einen silbernen Anhänger, der einen keltischen Lebensbaum darstellte. Bernd hatte ihn ihr vor über dreißig Jahren in Marburg geschenkt. Sein erstes größeres Geschenk an sie. Es war nicht besonders teuer, aber für einen Studenten mit wenig Geld auch nicht eben günstig.

Sie hatten den Anhänger bei einem gemeinsamen Stadtbummel in einem kleinen Geschäft in einem der Fachwerkhäuser in der Oberstadt entdeckt. Silvia gefiel das Motiv sofort: ein Baum, umschlossen von einem Kreis, gebildet aus dem Dach der Äste und dem Fundament der Wurzeln. Seit sie sich getrennt hatten, hatte Monika ihn nicht mehr getragen. Verstaut in einem kleinen Schmuckkästchen hatte er jedoch alle ihre Umzüge mitgemacht.

Jetzt saß sie Bernd an einem der Außentische des Café Leyhausen auf dem Michelstädter Marktplatz gegenüber. Monika kam es vor, als baumele der Anhänger riesengroß in ihrem Dekolleté und sei nicht zu übersehen.

„Der Bau da sieht ja ziemlich urig aus mit seinen Stelzenfüßen", sagte sie mit Blick auf die mächtigen Eichenpfosten der offenen Erdgeschosshalle eines der Fachwerkhäuser.

„Das Michelstädter Rathaus war einmal eine nationale Berühmtheit", erwiderte Bernd und nahm einen Schluck von seinem Kaffee.

Monika blickte ihn fragend an.

„Es zierte mal eine Sechzig-Pfennig-Briefmarke der Deutschen Bundespost."

Monika schaute sich weiter auf dem von Fachwerkhäusern gesäumten Marktplatz um.

„Schön ist es hier. Erinnert mich irgendwie an *Marburg*." Sie musste aufpassen, dass sie das letzte Wort noch über die Lippen bekam, ohne vorher vor Lachen loszuprusten. Sie hatte den Eindruck, als betone sie es deshalb übertrieben und verräterisch.

Bernd winkte die Bedienung herbei und bestellte für beide einen zweiten Kaffee. Er blickte auf seine Armbanduhr. 11.15 Uhr.

„Wo bleibt denn nur unsere Frau Sörries?"

„Noch ist sie ja im akademischen Viertelstündchen." Monika grinste. „Ich weiß noch, wie ich damals in *Marburg* zu meiner ersten Vorlesung um Punkt elf Uhr aufkreuzte und mich wunderte, warum ich fast alleine dasaß und der Professor auf sich warten ließ."

Bernd hörte ihr nur mit einem Ohr zu, das andere hing am Lautsprecher seines Mobiltelefons. Er hatte eine einprogrammierte Nummer angewählt.

„Sie geht nicht dran", sagte er und drückte den Ansagetext der Mailbox weg. „Ich schreibe ihr schnell eine Nachricht, dass wir noch bis zwölf Uhr hier auf sie warten."

Eine Dreiviertelstunde später war Silvia Sörries immer noch nicht erschienen. Bernd winkte die Kellnerin herbei und zahlte die Kaffees. Er und Monika erhoben sich von ihren Stühlen und gingen eine Runde durch die Fußgängerzone spazieren.

„Wir können ja in einer halben Stunde noch mal nachschauen, ob sie inzwischen aufgekreuzt ist", schlug Bernd vor.

Sie schlenderten ein paar Schritte durch den Stadtgarten, der sich direkt an die Altstadt anschloss.

„Ist dir das auch schon aufgefallen", fragte Monika, „die Bäume in Parks und Gärten sind bislang noch viel weniger von der Krankheit befallen als diejenigen in offener Natur. Das habe ich erstmals bewusst wahrgenommen, als wir in der *Klause* in Darmstadt saßen. Als ob Stadtbäume durch den Asphalt und Beton, der sie umgibt, von dem Kommunikationsfluss mit ihren freilebenden Artgenossen abgetrennt wären – wie auf Inseln der Ahnungslosen."

Bernd begann zu lächeln.

„Was lachst du?", fragte Monika, die glaubte, dass er wegen ihres Ausdrucks grinste.

„Du trägst ja meinen Anhänger!" Er strahlte.

„Ja, ich habe ihn wiedergefunden. Ganz versteckt in einer Schublade."

„Rein zufällig?" Bernd zwinkerte ihr zu.

Bevor Monika antworten konnte, hatte er sie auch schon zu sich herangezogen und gab ihr einen Kuss. Monika ließ es geschehen. Sie war froh, dass er den ersten Schritt machte. Sie war nie besonders geschickt darin.

Sie küssten sich lange. Es war ihnen egal, was die Spaziergänger um sie herum über sie dachten.

In Monika blitze die Erinnerung an ihren ersten Kuss vor über dreißig Jahren auf den Marburger Lahnauen auf. Es kam ihr vor, als küsse sie gleichzeitig zwei Bernds, den reifen Mann direkt vor ihr und den jungen Studenten von damals. Am liebsten wäre sie mit ihm in eine Zeitmaschine gestiegen und gemeinsam zurückgereist in eine Zeit, als es diese verfluchte Pflanzenkrankheit noch nicht gegeben hatte. Sie würde sich im zweiten Anlauf anders entscheiden und Bernd nicht aufgeben.

Langsam lösten sie ihren Kuss. Monika öffnete die Augen und Bernd streichelte ihr zärtlich durchs Haar. Arm in Arm gingen sie zurück zum Marktplatz.

Silvia Sörries war immer noch nicht gekommen.

„Was sollen wir tun?“, fragte Monika.

„Wir fahren zu ihrem Haus.“

„Bist du sicher, dass ihr das recht ist?“

„Ich kenne kaum jemanden, der so easy-going ist wie sie. Ein Spontanbesuch wird ihr nichts ausmachen. Wenn sie unser Treffen vergessen haben sollte, wird sie sich herzlich dafür entschuldigen und froh darüber sein, dass wir kommen. Wenn ihr etwas dazwischengekommen war, wird sie sich ebenfalls herzlich entschuldigen und einen anderen Termin mit uns ausmachen.

„Du weißt, wo sie wohnt?“

„Fast jeder in Michelstadt weiß das.“

Wenige Minuten später parkte Bernd seinen Jeep vor Silvias Haus. Es lag draußen am Stadtrand, schon fast im Wald. Bereits von außen war zu erkennen, dass seine Bewohner Hippies oder Künstler sein mussten. Es erinnerte an die bunten Flowerpower-Villen in San Franciscos Stadtteil Haight-Ashbury. Seine Fassade war himmelblau gestrichen, die Fensterrahmen sonnengelb. Über die Vorderwand zog sich ein großer Regenbogen und unter dem Dachgiebel leuchtete ein Yin-und-Yang-Symbol. Die Eingangstür war umfasst von bunten Keramikfliesen im flirrenden Azulejo-Stil. Im Garten standen Skulpturen, von denen einige an Totempfahle erinnerten.

„Willkommen in Big Blue“, sagte Bernd.

„Abgefahren", flüsterte Monika. „Nicht ganz meins, aber schön."

Bernd klingelte an der Haustür. Nichts rührte sich.

„Da ist wohl niemand zu Hause." Bernd kontrollierte sein Handy auf Nachrichten. Nichts. Sie gingen wieder die Treppe zur Straße herunter.

„Wollen Sie zu Frau Sörries?"

Eine Frau im Nachbargarten blickte über die Hecke. In ihren mit Gartenhandschuhen bekleideten Händen hielt sie ein Bündel gejäteter Wildkräuter.

Bernd nickte.

„Die ist nicht zu Hause. Sie ist schon den ganzen Sommer unterwegs. Sie zieht von Festival zu Festival." Die Frau deutete mit dem Kinn auf eine Ansammlung von Topfpflanzen, die Silvia offensichtlich aus dem Inneren ihres Hauses geholt und raus in ihren Garten gestellt hatte.

„Ich muss mich um ihre Pflanzen kümmern. Rasenmähen muss ich bei dieser Trockenheit zwar zum Glück nicht. Aber die Blumen gießen und den Rasen sprengen muss ich ziemlich oft."

Die Frau wischte sich mit dem Rücken der rechten Hand über die Stirn, während sie mit der linken das Pflanzenbündel gegen ihre Brust gedrückt hielt.

„Die Arme hat ja derzeit nichts zu tun. Den Friedwald haben sie geschlossen. Da steht kein gesunder Baum mehr. Jammerschade. Frau Sörries geht ja eigentlich vollkommen in ihrem Job auf. Ich hoffe, dass sich die Bäume bald erholen."

Die Frau beugte sich über die Hecke. „Sie müssen wissen, ich habe ja jetzt auch testamentarisch verfügt, dass ich einmal da beerdigt werden will. Ganz am Anfang, als mir Frau Sörries das erste Mal erzählt hat, dass sie im Bestattungswald arbeitet, war mir das alles gar nicht so geheuer. Das mit dem Unter-den-Bäumen und so. Auch unser Pfarrer war anfangs dagegen. Aber heute gefällt mir die Vorstellung, so begraben zu werden. Ich sage Ihnen was: Auf den Kirchhof bringt mich jetzt keiner mehr."

Die Frau winkte ab. Dabei fielen ihr ein paar Pflanzen aus der Hand. Sie bückte sich, sammelte sie auf und erhob sich wieder. Sie fasste sich dabei in den Rücken und ächzte auf.

„Haben Sie eine Ahnung, wie wir sie erreichen können?", fragte Bernd.

„Über ihr Handy?"

„Sie geht nicht ran."

„Vielleicht will sie einfach ihre Ruhe haben, die Arme."

„Die gönnen wir ihr!", sagte Bernd und lächelte. Er und Monika verabschiedeten sich.

„Seltsam ist das schon", sagte Bernd, als sie wieder im Wagen saßen. „Bislang habe ich Silvia Sörries immer als hundertprozentig zuverlässig erlebt."

Er drehte den Zündschlüssel und fuhr los.

Am Abend erhielt Bernd einen Anruf von seinem Chef. Monika und er saßen gerade in Pyjama und Bademantel bei ihm zu Hause beim Abendessen am

Tisch. Monika trug einen Schlafanzug und Morgenrock von Bernd. Beide waren ihr viel zu groß. Sie hatten gemeinsam geduscht und danach leckere Pasta gekocht. In Monikas Kopf klangen immer noch die Songzeilen aus Neil Youngs *Like A Hurricane* nach, die beim Liebemachen aus Bernds Anlage kamen.

Monika beobachtete, wie Bernd während des Telefongesprächs immer bestürzter dreinschaute und Sätze ausstieß wie: „Oh, nein!", „Wie ist das passiert?" und „Das darf doch nicht wahr sein."

„Was ist geschehen?", fragte Monika, nachdem er aufgelegt hatte.

Bernd schaute sie ernst an.

„Silvia Sörries ist tot", antwortete er. Er setzte sich wieder an den Tisch und Monika ergriff sofort seine Hände. „Sie war mit ihrem VW Bulli unterwegs von Darmstadt nach Hause. Ein entgegenkommendes Fahrzeug geriet in einer Kurve auf einer dieser engen Odenwaldstraßen zu weit auf die Gegenfahrbahn. Frau Sörries versuchte noch auszuweichen, verlor dabei aber die Kontrolle über ihren Wagen. Sie krachte durch eine Leitplanke, schoss einen Abhang hinunter und schlug gegen einen Felsen. Im Krankenhaus erlag sie ihren schweren Verletzungen. Mein Chef sagte, hätte sie einen neueren Wagen mit Airbag gehabt, hätte sie den Unfall wohl überlebt. Zeugen haben berichtet, dass sie viel zu weit ausgewichen sei. Mein Boss sagte, Bekannte von ihr hätten ihm erzählt, dass sie in letzter Zeit ziemlich angespannt und nervös gewesen sei."

Den Rest des Abends, der so schön angefangen hatte, konnten Monika und Bernd kaum an etwas anderes denken als an die Frau, die unter so tragischen Umständen aus dem Leben gerissen wurde. Sie schwiegen, obwohl sie sich viel zu erzählen gehabt hätten. Irgendwann schlug Bernd vor, *Avatar* zu sehen, den er auf DVD hatte. Sie schauten sich den Film eng umschlungen vom Sofa aus an. Obwohl sie ihn beide schätzten, spürte der eine beim jeweils anderen keine rechte Freude aufkommen. Irgendwann schliefen sie beide ein.

Am nächsten Tag rief Bernd seinen Chef an. Er erzählte ihm, dass Monika und er sich mit Silvia Sörries hatten treffen wollen und nannte ihm den Grund. Bernd fragte seinen Boss, wie sie nun in Erfahrung bringen könnten, was es mit Baum 202202 auf sich habe.

„Ich rufe Sie gleich zurück", sagte der Forstamtsleiter.

Wenige Minuten später klingelte Bernds Telefon.

„Tut mir leid, Heidereiter", sagte sein Chef. „Um den Baum sind mehrere Urnenstellen gruppiert. Die Angehörigen haben sie für neunundneunzig Jahre gepachtet. Die Entscheidung, ob sie die Gräber untersuchen und womöglich öffnen lassen wollen, liegt ganz bei ihnen. Die Totenruhe geht vor. Entweder die Angehörigen erklären sich dazu bereit oder Frau Professorin Weber müsste die Gerichte bemühen. Sie darf im Übrigen noch nicht einmal die Namen der Personen wissen, die dort begraben liegen. Es handelt sich um eine anonyme Gräberreihe. Wer dort liegt, das geht nur die Firma Friedwald und die Angehörigen der Verstorbenen etwas an."

Bernd legte auf. Nachdem er ihr die Worte seines Chefs wiederholt hatte, sagte Monika: „Kein Gericht dieser Erde wird einen Anlass dafür sehen, uns hierin zu unterstützen."

„Du bist aber doch staatlich beauftragt, die Ursachen für die Krankheit zu finden."

Monika schüttelte den Kopf. „Aber warum sollte ein Grab der Grund für eine Krankheit solchen Ausmaßes sein? Das kommt mir jetzt völlig absurd vor. Es war bloß eine fixe, eine dumme Idee von mir, als ich diese kleine Aktennotiz las. Ich denke, wir sollten die Sache jetzt einfach auf sich beruhen lassen."

Bernd schaute ihr fest in die Augen.

„Du hast recht", sagte er schließlich und gab ihr einen Kuss.

22.

Es war völlig klar, dass ihr Bruder sie auch noch über seinen Tod hinaus ärgern würde. Die Mahnwache der Neonazis vor dem Friedwald war bloß das erste Anzeichen. Der vorläufige Höhepunkt war aber nun die Öffnung seines Grabes.

Diana hatte sich so sehr gewünscht, dass niemals öffentlich bekannt würde, wo Florians letzte Ruhestätte lag. Das war mit Sicherheit auch sein eigener Wunsch gewesen, sonst hätte er sich nie für ein anonymes Grab entschieden.

Es ärgerte Diana sehr, dass der Friedwald sich in der Folge des Naziaufmarschs zu einem Wallfahrtsort für allerlei Verrückte entwickelt hatte. Wiederholt kam es vor dem abgeriegelten Waldstück zu Vorfällen. Einmal gelang es Unbekannten, nachts über die Absperrungen auf das Gelände zu gelangen und Parolen auf die toten Baumgerippe zu schmieren. Sprüche wie „Greenhood was right!“, „Lasst euch das eine Warnung sein!“ und die Goethe-Verse „In allen Wipfeln / Spürest du / Kaum einen Hauch / Warte nur, balde / Ruhest du auch.“

Diana war mächtig wütend auf Silvia Sörries, dass sie das Geheimnis ausgeplaudert hatte. Als sie sie zur Rede stellen wollte, erfuhr sie, dass sie bei einem Autounfall ums Leben gekommen war. Diana rang lange und tief in ihrem Inneren mit sich. Doch nach und nach spürte sie, wie sie in ihrem Herzen der Friedwaldgeschäftsführerin verzieh. Spontan entschied sie sich, zur Beerdigung der Frau zu gehen, die sie bei ihren beiden Begegnungen ausgesprochen sympathisch fand.

Für Silvia Sörries gab es eine Sonderverfügung: Sie durfte, wie es ihr letzter Wille war, im Friedwald beerdigt werden, für den sie sich mehr als zwanzig Jahre unermüdlich eingesetzt hatte. Und das, obwohl das Areal schon seit Monaten geschlossen war und eigentlich keine weiteren Toten mehr aufnehmen sollte.

Diana war überrascht, wie viele Gäste zur Beerdigung kamen. Silvia Sörries schien in Michelstadt und darüber hinaus bekannt wie ein bunter Hund und entsprechend beliebt gewesen zu sein. Gesprächen in der Trauergemeinde entnahm Diana, dass viele Menschen ihre freundliche, herzliche, offene und ehrliche Art geschätzt hatten.

Einen Trauergottesdienst gab es nicht. Es sprach kein Pfarrer am Grab. Die komplette Zeremonie übernahmen Freunde der Verstorbenen. Eine Gruppe buntgewandeter Männer und Frauen hielt Reden und trug Gedichte vor. Als Silvias Urne ins Grab gelassen wurde, sangen sie ein mehrstimmiges Lied, von Gitarren und Bongos begleitet. Es bestand aus wenigen Zeilen, die sie immer wieder aufs Neue wiederholten. Immer mehr Gäste stiegen in das Mantra mit ein, das Diana an einen Chant nordamerikanischer Ureinwohner erinnerte. Der Text handelte davon, dass Freiheit findet, wer seinen Körper niederlegt und ihn von Mutter Erde schlucken lässt.

Diana, die sich für keine gute Sängerin hielt, fiel es leicht in die Melodie einzusteigen. Später, nach der Beerdigung, längst zu Hause, drehte sich der Gesang in ihrem Kopf immer noch weiter. Sie suchte im Netz nach dem Lied und fand heraus, dass es von einer Band stammte, die mit ihrem Auftritt beim Woodstock-Festival berühmt geworden war: *Crosby, Stills, Nash & Young*.

Unter den Beerdigungsgästen traf Diana Bernd Heidereiter. Den Förster, der sie vor einigen Monaten mit dem Jeep hoch zur „Burg“ gefahren hatte. Er war mit seiner Freundin da. Einer Wissenschaftlerin, die Diana vor wenigen Tagen noch in einer Talkshow gesehen hatte.

„Ihr Fernsehauftritt hat mir gefallen“, sagte sie aufrichtig, als sie Monika Weber die Hand gab.

„Danke“, sagte die Professorin mit geröteten Wangen.

Während des anschließenden Leichenschmauses unter freiem Himmel auf einer Streuobstwiese, die Freunden der Beerdigten gehörte, kamen sie näher ins Gespräch.

„Und woher kannten Sie Frau Sörries?“, fragte Monika Diana vollkommen unbefangen. Bernd, der danebenstand, hatte ihr nicht mehr rechtzeitig erklären können, um wen es sich bei Diana Keller handelte. Auf dem Weg zur Wiese hatten ihn unaufhörlich Gäste in Beschlag genommen, die ihn lange nicht mehr gesehen hatten und die neue Informationen über den Zustand der Wälder haben wollten.

„Über meinen Bruder. Er liegt im Friedwald begraben“, antwortete Diana.

Monika bemerkte, welchen Fehler sie gemacht hatte. Sie hätte eine andere Anfangsfrage stellen sollen. Da sie nicht einschätzen konnte, wie sehr die Frau, die ihr direkt gegenüberstand, noch trauerte, wusste sie nicht, was sie entgegnen sollte. Als sich Bernd einschalten wollte, fiel Diana ihm ins Wort und regelte die Sache auf ihre Weise. Sie hatte wenig Lust dazu, in diesem Trio weiter um den heißen Brei zu reden.

„Mein Bruder ist Florian Keller.“

Fast jede Antwort darauf wäre eine dumme Antwort, erkannte Monika. *Oh, das tut mir aber leid* genauso wie *Ich habe davon gehört, dass er dort begraben liegt*. In ihrem Gehirn ratterte deshalb die Schnellsuche weiter. Die Aufregung darüber, keine passende Entgegnung zu finden, gepaart mit der Anspannung der letzten Tage, sorgte dafür, dass sie die unpassendste aller unpassenden Antworten wählte. Sie fragte mit nervöser Stimme: „Er liegt nicht zufällig unter Baum 202202?“

Diana sah sie überrascht an. Es gab verdammt viele Bäume im Friedwald. Wie kam es, dass die Professorin die richtige Nummer kannte? Hatte Silvia Sörries diese auch noch ausgeplaudert?

„Woher wissen Sie das?", platzte Diana heraus.

Monika entschuldigte sich für ihre offenbar übergriffige Frage. Sie erklärte Diana, wie sehr sie ihre derzeitigen Forschungen belasteten und dass sie sich in den letzten Tagen immer wieder die Frage nach diesem einen Baum gestellt habe. Sie erzählte Diana von der Aktennotiz. „Was für ein unglaublicher Zufall, finden Sie nicht auch?"

„Kann man wohl sagen", antwortete Diana und lächelte ihr aufmunternd zu. Monika war froh, dass sie ihr ihre dämliche Frage anscheinend nicht krummnahm. Aber war die Frage überhaupt dämlich? Monika beschlich das mulmige Gefühl, dass irgendein seltsamer Zusammenhang bestand.

Diana schaute auf ihre Armbanduhr. „Ich muss leider gehen", sagte sie. „Ich gebe Ihnen mal meine Karte. Für alle Fälle. Man weiß ja nie." Sie hielt Monika ihre Visitenkarte hin.

„Danke", sagte Monika. Sie nahm sie entgegen und gab Diana im Gegenzug ihre. Visitenkarten, bemerkte Monika, haftete zwar längst etwas Altmodisches an. Der Adressenaustausch funktionierte damit aber doch sehr viel schneller als mittels gegenseitigen Erfragens und umständlichen Eintippens von E-Mail-Adressen oder Handynummern.

Nachdem Diana außer Hörweite war, schüttelte Bernd seine Hand, als hätte er sie sich an etwas verbrannt. „Auweia, ich dachte schon, du hättest dich schön in die Nesseln gesetzt."

Monika blickte ihm streng in die Augen. „Warum hast du mir eigentlich nicht gesagt, dass du *Greenhoods* Schwester kennst?"

„Es hat sich einfach nicht ergeben. Kennen ist auch zu viel gesagt." Bernd berichtete Monika von der Fahrt im Jeep hoch zur „Burg".

„Aber dann kanntest du ja auch ihren Bruder!"

„Ich habe ihn vielleicht vier-, fünfmal im Wald gesehen. Öfter nicht. Das letzte Mal dann vor Gericht."

„Trotzdem. Du hättest es mir sagen sollen."

Bernd nahm sie in den Arm und sie küssten sich.

Wenige Tage später erhielt Monika ein Päckchen von Diana. Darin befanden sich ein kurzer Brief und eine Kopie von Florians Tagebuch.

Sehr geehrte Frau Weber,
es war nett, Sie kennengelernt zu haben, wenn auch der Anlass ein trauriger war. Ich muss sagen, ich bewundere Ihre Arbeit. Nach unserer Begegnung habe ich ein wenig recherchiert, an was Sie so alles forschen. Verzeihen Sie mir, aber dabei hatte ich mich immer wieder gefragt, wie es wohl gewesen wäre, wenn Sie meinen Bruder kennengelernt und die Möglichkeit gehabt hätten, sich mit ihm über botanische Fragen auszutauschen. Sie hätten sicherlich viele seiner Ansichten geteilt, zumindest diejenigen über

die Bedeutung der Pflanzen für die Welt. Viele andere seiner Ansichten natürlich nicht. Damit Sie besser verstehen, was ich meine, habe ich Ihnen die Kopie seines Tagebuchs beigefügt. Er begann es noch als Biologiestudent und führte es weiter, als er sich in dem dunklen Hochbehälterhaus im Weschnitztal verbunkerte, von wo aus er seine mörderischen Taten ausführte. Wundern Sie sich nicht über die Stempel auf den Seiten. Die Staatsanwaltschaft hatte die Kopien angefertigt und mir zukommen lassen, um etwaige geheime Botschaften zu entschlüsseln. Nach dem Suizid meines Bruders überließen mir die Behörden schließlich das Original seines Tagebuchs. Vieles darin stellt mich weiterhin vor Rätsel. Aber ich denke, dass Sie mit Ihrem Fachwissen die geeignete Person sind, sie zu lösen.
Mit freundlichen Grüßen,
Diana Keller

Monika begann sofort zu lesen. Das Tagebuch faszinierte und verstörte sie gleichermaßen. Auf den ersten Blick schien das Ganze ein chaotisches Sammelsurium an wirren Gedanken zu sein, völlig unzusammenhängend. Doch je intensiver Monika in Florian Kellers Gedankenwelt eintauchte und Verbindungen zog, beschlich sie das Gefühl, dass *Greenhood* irgendetwas Größeres geplant hatte. Nur was?

Drei Tage später erwirkte sie mit dem Einverständnis seiner Schwester seine Exhumierung. Kurz bevor die Urnenstelle geöffnet wurde, berichtete Diana Monika am Telefon von den seltsamen damaligen Begleitumständen: Die Beerdigung, zu der nur sie und Silvia Sörries anwesend waren, fand am bereits geschlossenen Grab statt. Diana durfte bei Florians Einäscherung nicht zugegen sein, so hatte er es verfügt. Sie bekam auch niemals seine Urne zu Gesicht.

Die Öffnung des Grabes erbrachte ein schauriges Ergebnis: Florians Körper war nicht verbrannt worden. Seine sterblichen Überreste steckten weder in einer Urne noch in einem Sarg. Sein Körper war nackt und ohne Hülle im Boden verschachert. Nicht in der üblichen Position, waagrecht und in Rückenlage. Sondern seine Leiche steckte mit dem Kopf nach unten im Boden. Silvia Sörries (jemand anderes kam nicht in Frage) hatte ein tiefes, sehr tiefes Loch ausgehoben, um seinen Schädel fest im Wurzelgeflecht von Baum 202202 einzubetten. Als Grabbeigabe hatte sie ihm seinen Jutebeutel voll Pflanzensamen beigelegt.

Als sie das Ergebnis der Exhumierung erhielt und es gemeinsam mit Bernd studierte, formten Monikas Lippen bloß ein einziges Wort, ohne es wirklich auszusprechen, bevor es ihr schwarz vor Augen wurde: „Wurzelgehirn."

23.

Die frische Nordseeluft tat gut.

Bernd und Monika gingen am Strand von Spiekeroog spazieren. Bernd war froh, dass sie sich wieder zu erholen schien.

Seit vier Tagen bewohnten sie das Ferienhaus, das Bernd schon häufiger gemietet hatte, als seine beiden Töchter Lisa und Lena noch klein waren. Er hatte Glück gehabt, dass er es so kurzfristig noch buchen konnte. Urlaube am Meer waren derzeit beliebt. Tiefer im Festland, in den Bergen oder Mittelgebirgen, hatte zurzeit kaum jemand Spaß – zu viele kahle Bäume. Auch waren die Sauerstoffwerte, die die Medien täglich meldeten, dort viel schlechter als an den Küsten.

Noch hatte die große Atemnot zwar nicht eingesetzt, Senioren, Asthmatiker und von Lungen- und Atemwegserkrankungen Betroffene spürten jedoch schon mehr als deutlich, dass der Sauerstoffgehalt in der Luft nachließ. Da inzwischen auch schon die Meeresflora zu großen Teilen von der Krankheit betroffen war, gingen viele Experten davon aus, dass es binnen eines Jahres nicht mehr möglich sein würde, ohne Sauerstoffgerät auf der Erde leben zu können.

Einen Hoffnungsschimmer bot allerdings eine kleine, aber sensationelle Nachricht: Einer Studentin in der kolumbianischen Hauptstadt Bogotá war es gelungen, aus verschiedenen Samen, die sie aus einem Gebiet jenseits der Baumgrenze hoch in den Anden mitgebracht hatte, Setzlinge zu ziehen. Es waren die ersten belegten Beweise für neu angewachsene Pflanzen seit Monaten. Wissenschaftler weltweit waren nun eifrig dabei, für das als „milagro floral", „Pflanzenwunder", in die Berichterstattung eingegangene Phänomen eine Erklärung zu finden. Wenn das Geheimnis geknackt wäre, so die Hoffnung, könnten bald wieder neue Pflanzen wachsen. Überall auf der Erde zogen bereits Menschen los, um Samen auf Gipfeln über der Baumgrenze zu finden.

In den zurückliegenden Wochen hatte Monika einiges durchgemacht. Nach Florian Kellers Exhumierung war sie zusammengeklappt. Nervenzusammenbruch. Als sie aus ihrer Ohnmacht erwachte, stellten sich erste Anzeichen einer Psychose bei ihr ein. Sie litt unter Realitätsverlust und Wahnvorstellungen, die ihren Körper und ihr Gehirn enorm unter Stress setzten.

Immer wieder begann sie von Florian Kellers Tagebuch zu reden. Sie las Bernd, Thomas und anderen Freunden, die sie überzeugen wollte, Passagen daraus vor. Während ihre Zuhörer nach Zusammenhängen suchten, lag es für sie eindeutig auf der Hand, welchen mörderischen Plan *Greenhood* darin für die Zeit nach seinem Ableben ausgeheckt hatte.

Je nachdem, an welchem Tag man Monika erwischte, setzte sie ihre Theorien anders zusammen. Die Grundpfeiler blieben jedoch stets die gleichen: Eingeklinkt in das Wurzelnetzwerk der Bäume habe *Greenhoods* Gehirn Einfluss auf die Pflanzenwelt genommen. Es habe mit seinen bösartigen Gedanken die Bodenchemie so verändert, dass es die Pflanzen dazu bringen konnte, ihr Wachstum einzustellen. Sobald der Mensch, ihr größter Schädling, vernichtet wäre, könnten sie jederzeit ihr Wachstum wieder neu aufnehmen – auf einer von Homo sapiens (und etlichen Tierarten als Kollateralopfer) befreiten Erde.

Es war bedrückend und beklemmend, einen rationalen Menschen wie Monika dermaßen im Wahn reden zu hören. Alles Dagegenhalten half nicht. Fragen wie „Wie soll ein totes Gehirn weiterdenken?" oder „Auf welche Weise sollen Pflanzenwurzeln die Gedanken eines Menschen überhaupt aufnehmen?", ließ Monika nicht gelten. In ihren Augen ergaben die Texte in Florian Kellers Tagebuch einen Sinn und hatten einen Zusammenhang. Alles darin deutete auf seinen ausgeklügelten Plan hin: sein Märchen mit einem Mischwesen, erst Mensch, dann Baum. Sein Interesse für die seltene Krankheit Epidermodysplasia verruciformis, die Menschenhaut quasi in Rinde verwandelte. Seine Beschäftigung mit Pflanzensamen, die noch nach Tausenden von Jahren wuchsen. Sein Jutebeutel, aus dem er zu Lebzeiten Samen in Wäldern, Feldern und Wiesen ausbrachte. Seine Science-Fiction-Story *Der grüne Mantel der Erde*, in der er die Übertragung von bösartigen Menschheitsvernichtungsgedanken auf die Pflanzen bereits skizzierte. Eine andere Erzählung, die er *Die Konferenz der Pflanzen* nannte und in der er Monikas Ansicht nach vorwegnahm, was gerade im Moment passierte: das Überspringen der Krankheit auf die Flora in anderen Klimazonen und in den Ozeanen. Die Geschichte handelte davon, wie es den Pflanzen aus den gemäßigten Klimazonen in einer weltumspannenden Konferenz gelang, diejenigen in tropischen Regionen, die den Klimawandel nicht allzu sehr fürchteten, und diejenigen auf dem Meeresgrund, die keine Angst vor Bränden hatten, zu überzeugen: Auch ihnen würde der Mensch früher oder später jegliche Lebensgrundlagen rauben – durch Flächenfraß, Kahlschlag und das Einleiten von Giften in die Meere. „Irgendwann ist die Erde komplett zubetoniert und der Meeresgrund kahl wie eine Wüste."

Es gab Tage, an denen Monikas Stimmungen rasant zwischen manisch und depressiv wechselten. Auf Phasen von Euphorie über ihre neuesten Erkenntnisse, die sie aus *Greenhoods* Aufzeichnungen zog, folgten Phasen tiefer Niedergeschlagenheit, da ihr niemand Glauben schenken wollte. Sie war gezwungen, ihre Entdeckungen, die sie in Angst und Schrecken versetzten, alleine mit sich auszumachen. Körperlich äußerte sich dies in einem schnellen Wechsel von Aufgedrehtheit und Müdigkeit.

Einmal fand Bernd Monika in ihrem Kurklinikzimmer schlafend vor. Auf ihrem Smartphone, das auf ihrer Brust lag, lief in Dauerschleife eine Szene aus *Avatar*. Sie zeigte, wie sich die Na'vi mit ihrem zopfartigen Organ, „Jubiläum" genannt, in das Wurzelwerk des Waldes auf ihrem Planeten *Pandora* einklinkten. Das mit ihrem Gehirn verbundene Körperteil ermöglichte es ihnen, sich mit anderen Organismen in ihrer Umgebung zu verbinden und elektrochemische Signale wie Gedanken und Erinnerungen auf Bäume, Pflanzen und andere Kreaturen zu übertragen.

Bernd klickte das Video weg.

Zum Glück kehrte mit der Zeit die alte Monika zurück, wie er sie kannte. Sie wurde wieder zugänglicher für Fakten und wissenschaftliche Methodik. Während einer Diskussion erinnerte Bernd sie an eine statistische Auswertung, die sie, wie er wusste, noch vor ihrem Zusammenbruch zur Kenntnis genommen hatte. Demnach waren die ersten Fälle der Baumkrankheit gar nicht im Odenwald aufgetreten. Sehr viel früher hatte es sie bereits in Sibirien und in China gegeben. Doch die jeweiligen Regierungen hatten sie verschwiegen. Erst als die Ausbreitung wegen ihrer Ausmaße nicht mehr zu verheimlichen waren, erfuhr auch der Rest der Welt davon.

Ihrem Kollegen, Thomas Schäfer, gelang es sogar einmal, Monika mit ihren eigenen Argumenten aus einem ihrer älteren wissenschaftlichen Aufsätze zu schlagen. Demnach stelle eine Reaktion der Pflanzen auf *Greenhoods* Gedanken ein viel zu einfaches Reiz-Reaktions-Schema für ein nicht-hierarchisches, holistisches System dar. Anders als etwa in einem Ameisenstaat, in einer Monarchie oder Diktatur erteile in dem verknüpften Netzwerk des Wurzelgeflechts nicht einfach irgendeine Autorität (Thomas: „Nennen wir sie einmal *Greenhood*") die Befehle und die anderen gehorchten. Wie es Monika in ihrem Aufsatz selbst formulierte, gebe es unter Pflanzen „nur ein Miteinanderreden, aber kein Überreden, was Menschen sich nur schwer vorstellen können".

Monika hörte sich Thomas' Ausführungen still an und nickte.

Bernd fragte sich unterdessen, wie es Florian Keller gelungen war, Silvia Sörries dazu zu bewegen, gegen alle Bestattungsregeln des Friedwalds zu verstoßen und seinen Leichnam uneingeäschert unter einem Baum zu vergraben. Sie hatte damit ihren Job aufs Spiel gesetzt – wenn sie auch allerbeste Vertuschungsarbeit geleistet hatte.

Eines Tages rief er Diana Keller an. Nach wenigen Minuten fragte er sie unumwunden: „Warum hat Frau Sörries das gemacht? Zahlte Ihr Bruder ihr viel Geld dafür?"

„Nein, er hat ihr ein Märchen geschenkt", antwortete Diana und lachte. „Es ist ihm tatsächlich gelungen, sie mit einem Märchen zu blenden und zu bestechen."

Sie schwieg kurz und fuhr dann fort. „Wissen Sie, was für mich das Schlimmste ist?“

Bernd hatte keine passende Antwort parat und schwieg.

„Dass ich das Bild nicht mehr aus meinem Kopf bekomme“, fuhr Diana fort. „Wie mein Bruder da mit seinem Schädel nach unten in der Erde steckt. Ich träume nachts davon. Kennen Sie die Geschichte von der Kreuzigung des Apostels Petrus?“

Bernd musste passen. In religiösen Fragen kannte er sich nicht aus.

„Er wurde mit dem Kopf nach unten ans Kreuz geschlagen. Angeblich hielt er sich nicht für würdig, in der gleichen Position wie Jesus am Kreuz zu hängen. Historiker sind überzeugt, es sei damals durchaus verbreitet gewesen, Menschen mit dem Kopf nach unten zu kreuzigen. Manche meinen, das Sterben sei so qualvoller gewesen, manche sagen, der Tod sei so schneller eingetreten. Ich habe das Bild des gekreuzigten Petrus als Kind immer furchtbar gehasst.“

Bernd erinnerte sich, dass vor einigen Jahren an einer Lichtung in seinem Revier einmal eine Reihe von Bäumen mit auf den Kopf gestellten schwarzen Kreuzen besprüht war. Sein Kollege sagte bei dem Anblick nur knapp: „Sieht ganz nach einer satanischen Messe aus.“ Davon erzählte Bernd Diana besser nichts.

Jetzt auf Spiekeroog schaute er Monika an. Sie ließ sich die Meeresbrise ins Gesicht blasen. Der Wind war so stark, dass er ihr die Kette mit dem Lebensbaum-

Anhänger um den Hals wehte. Sie griff nach Bernds Hand und beide liefen sie auf das Meer zu. Als die Gischt ihre Hosen nass spritze, lachte Monika laut auf.

Es tat gut, sie wieder so glücklich zu sehen. Seit Tagen hatte sie *Greenhoods* Tagebuch nicht mehr erwähnt. Sie schien auf einem guten Weg.

„Komm, lass uns schnell wieder hochflitzen", juchzte sie.

Sie rannten Hand in Hand los. Oben, zwischen den Dünen, wehte der Wind weniger stark. Monika hechelte vor Anstrengung und stemmte ihre Arme in die Taille. Sie lachte noch immer. Beide strichen sie sich den Sand von den Füßen und zogen ihre Schuhe an. Sie gingen Richtung Ferienwohnung. Bernd freute sich schon auf eine warme Dusche.

Am Abend kochten sie gemeinsam. Nach dem Essen fühlte sich Bernd müde und sie verzichteten auf ihren gemeinsamen Abendspaziergang, der schon zu ihrer täglichen Routine geworden war. Stattdessen schlug Monika vor, eine DVD zu schauen, die ihr Thomas geliehen und die sie mit ins Gepäck gesteckt hatte. Thomas und Bernd teilten eine Vorliebe für Science-Fiction-Filme. Als Monika die Hülle aus dem Koffer zog, fiel ihr jedoch auf, dass es sich gar nicht um einen Science-Fiction-Film handelte. Sie hatte sich die DVD zu Hause gar nicht näher angeschaut. *Das Blumenwunder* hieß der Film. Das Cover zeigte eine große grüne Pflanze. Und plötzlich erinnerte sich Monika, was Thomas darüber gesagt hatte: „Den musst du unbedingt sehen. Der ist wunderschön. Auch wenn man sich erst einmal an seine Ästhetik gewöhnen muss. Der Film ist halt eben schon *sehr* alt."

Ein Stummfilm wie Monika feststellen musste. Hundert Jahre alt. Ob das das Richtige für einen gemütlichen Abend zu zweit war?

„Leg ihn doch ein. Wir werden schon sehen", sagte Bernd.

Beide hatten sie zwar zunächst Probleme, in den Film hineinzukommen. Thomas sollte jedoch recht behalten. Der Film hatte keine Handlung im eigentlichen Sinne, sondern zeigte im Großen und Ganzen bloß Zeitrafferaufnahmen von wachsenden Pflanzen. Monika und Bernd hatten solche Aufnahmen schon häufiger gesehen. Doch noch nie in einer so beeindruckenden Weise. Das lag daran, dass es mit die ersten Bilder dieser Art überhaupt waren, die die Menschheit je zu Gesicht bekommen hatte. Sie waren alt und jung zugleich. Angestaubt und dennoch von einer unschuldigen Reinheit. Dass zu den Bildern eine atemberaubend schöne Musik lief, verstärkte ihre Wirkung noch. An manchen Stellen hatten die Filmemacher Tänzerinnen und Tänzer in die Szenen hineingeschnitten, um den lebendigen Charakter der Pflanzen noch zu verstärken.

Der Film war wie ein Rausch. Eine Meditation über das Leben. Bernd bemerkte, wie er seinen Atem beruhigte. Monika rührte er zu Tränen. Als er zu Ende war, kam es ihnen beiden vor, als wachten sie aus einem Traum auf. Sie brauchten lange, um ins Hier und Jetzt zurückzukehren.

Bernd fühlte eine wohlige Schwere im Körper. Monika hingegen wurde plötzlich agil. Sie schnappte sich ihr Handy und klickte einen Link an, den Thomas ihr zu dem Film geschickt hatte. Sie begann, Bernd ein paar Texte vom Display vorzulesen.

„Hör mal, was die Filmkritiker damals geschrieben haben: ‚Bei diesen Aufnahmen hat sich herausgestellt, dass die Pflanzen eine Mimik haben, die wir nicht sehen, die aber sichtbar wird, wenn man Zeitrafferaufnahmen verwendet. Die wiegenden, rhythmischen Atmungsbewegungen der Blätter, der erregte Tanz der Blätter um die Blüte, die fast obszön wirkende Hingabe, mit der eine Blüte sich öffnet – die Pflanzen waren plötzlich lebendig geworden und zeigten Ausdrucksbewegungen von genau derselben Art, wie man sie von Menschen und Tieren kennt. Wie eine emporkletternde Pflanze ängstlich tastend, unsicher, nach Halt sucht, wenn ihre Ranken sich an einem Gitter hochwinden, wie eine welkende Kaktusblüte fast mit einem Seufzer den Kopf neigt und zusammen knickt – es war die unheimliche Entdeckung einer neuen lebendigen Welt in einem Bezirk, aus dem man zwar wusste, dass dort Leben zu Hause sei, es aber niemals ‚in Tätigkeit' hatte sehen dürfen. Und die Einreihung der Pflanzen in die Welt der lebendigen Wesen war auf einmal anschaulich vollzogen.'"

Monika schaute Bernd begeistert an. Sie klickte auf einen nächsten Link und las vor: „‚Es ist erschütternd zu sehen, wie die Pflanzen streben, gehemmt werden, leiden, verzweifelt sind, der Entfaltung entgegenblühen, um dann müde die Blumenköpfe zum Sterben zu neigen. Man sieht voll Bewunderung, dass jede Pflanze ihr eigenes Temperament, ihren eigenen Charakter hat: Manche sind melancholisch, andere nervös, andere geradezu lustig und ausgelassen, wieder andere voll stiller Beschaulichkeit oder von fast tragisch anmutender Gedämpftheit in ihren Bewegungen. Es greift ans Herz zuzuschauen, wie eine Kletterpflanze suchend und tastend ihre Ranken hin- und herschwingt, um einen Halt zu finden. Sehen muss man sie, um zu begreifen, welch ein eigenartiges Wunder die Natur uns verbirgt, indem sie all diese, manchmal fast gespenstig anmutenden Bewegungsvorgänge auf so lange Zeiträume verteilt, dass sie unserem registrierenden Bewusstsein entgehen.'"

Monika blickte von ihrem Handy auf. Bernd war eingedöst. Sie deckte ihn zu und gab ihm einen Kuss auf die Stirn. Er wachte davon auf.

„Komm, lass uns noch mal an den Strand gehen", schlug er vor.

Als sie Arm in Arm über den Sand schlenderten, fragte Bernd plötzlich: „Musstest du bei dem Film vorhin auch an das Pflanzenwunder in Kolumbien denken?"

Monika nickte still und begann plötzlich zu lachen.

„Was ist?“, fragte Bernd.

„Ich musste gerade an einen Witz denken, den ich in Florian Kellers Tagebuch gefunden habe.“

„Erzähl ihn mir.“

Bernd schaute heraus aufs Meer, während Monika ihr den Witz erzählte.

„Treffen sich zwei Planeten im Weltall. Fragt der erste: ‚Wie geht es dir?‘ Sagt der zweite: ‚Nicht so gut, ich habe Homo sapiens.‘ Sagt der erste: ‚Das hatte ich auch mal, das geht vorüber.‘“

Bernd lachte. Zuerst ganz leise und verhalten. Doch dann brach es aus ihm heraus und er lachte lauthals los.

Monika strahlte ihn an und stieg mit ein. Ihr Körper wurde von Gelächter geschüttelt.

Als Monika zu husten anfing, unterbrach Bernd kurz sein Lachen und fragte: „Geht's?“

„Geht schon wieder“, antwortete sie und rang kurz nach Atem. Und schon legten sie wieder gemeinsam los. Sie lachten beide so lange, bis ihnen die Luft ausging.

Nachbemerkung

Manche Orte in diesem Roman existieren wirklich, alle Personen der Handlung sind jedoch frei erfunden.

Die Ereignisse um den Klima-Terroristen Florian „Greenhood“ Keller haben ein reales Vorbild in Theodore „Ted“ John Kaczynski. Der als „Unabomber“ in die Geschichte eingegangene US-amerikanische Mathematiker tötete zwischen 1978 und 1995 aus einer einsamen Hütte in der Wildnis heraus mit Briefbomben drei Menschen und verletzte 23. Nach dem Abdruck seines Manifests in der *New York Times* und *Washington Post* erkannte und enttarnte ihn sein eigener Bruder.

Die im ersten Kapitel zitierten Aussagen von Kirchenvertretern sind keine Erfindungen. Auch die darin erwähnte Studie der Universität Freiburg über die Verlagerung von Schwermetallen aus der Kremationsasche in darunterliegende Bodenschichten von Friedwäldern gibt es wirklich.

Der Baum-des-Jahres-Weg an der Wegscheide am Weschnitztal im Odenwald existiert tatsächlich. Man kann dort jedoch keine Führungen buchen, sondern muss ihn auf eigene Faust erkunden.

Die „Burg“, in der sich Florian Keller im Wald versteckt hält, hat kein konkretes Vorbild. Hochbehältergebäude dieser Art, zum Teil denkmalgeschützt, finden sich im Odenwald wie auch in anderen Mittelgebirgsregionen Deutschlands viele.

Der Film *Das Blumenwunder* ist keine Erfindung. Der von der BASF produzierte (und ursprünglich zur Werbung für Kunstdünger konzipierte) Film feierte 1926 in Berlin seine Uraufführung und sorgte für Begeisterung unter Kritikern. Das erste abgedruckte Zitat stammt aus Rudolf Arnheims Buch *Film als Kunst* (1932), das zweite aus einer Rezension in der *Deutschen Allgemeinen Zeitung* (1926).

Einige Anregungen aus der erstaunlichen Welt der Botanik gab mir Stefano Mancusos und Alessandra Violas wundervolles Buch *Die Intelligenz der Pflanzen* (Kunstmann Verlag, 2015).

Mein Dank geht an: Kirsti Ohr, Max Augenfeld, Andreas Roß, Cordula und Jens Hofmann. Sie haben mir als Testleserinnen und Testleser viele wertvolle Hinweise gegeben und mich ermutigt. Danke auch an Marcus Saller für eine kleine spanische Übersetzungshilfe.

Frank Schuster, 2023